Les aventures extraordinaires
des naufragés de Drehu

Patrick Génin

Les aventures extraordinaires des naufragés de Drehu

Sommaire

Lifou, le 13 mai 1845

Aux Pasteurs PJ et RB

Mes très chers pères,

En premier lieu, laissez-moi vous remercier pour votre paternelle visite. Votre présence a été pour moi un phare spirituel dont la lumière me montre encore chaque jour le cap. J'en avais fort besoin sur cette île reculée et par ces temps troublés où nos frères, dans le sud, sont en butte à l'hostilité violente des païens et, dans le nord, à celle plus sournoise des papistes. Le grand chef Boula, meilleur pilier de notre temple à Lifou est, depuis votre départ, de plus en plus contesté. Il me presse chaque jour de me mettre à l'abri dans l'île de Maré où notre position est mieux assurée grâce à son oncle le grand chef Naisseline.

Après le départ de mon compagnon, départ que j'ai fini par accepter, je me suis senti bien seul. Ne craignez pourtant pas un fléchissement dans ma détermination, elle est intacte. Après tout, Jésus Lui-même n'a-t 'Il pas eu Ses moments de faiblesse ? C'est d'ailleurs la lecture de Luc racontant sa tentation dans le désert qui m'a aidée à comprendre votre décision. Je me permets respectueusement, au risque de vous importuner, de prêcher une dernière fois en faveur de mon cher Zacharia : il a succombé malgré mes fraternelles mises en garde. Vous-mêmes l'avez souligné lors de votre trop courte visite : il serait bon que notre Société Missionnaire de Londres envoie de préférence des *natas*[1] mariés, si, bien sûr, l'afflux de nos vocations océaniennes se confirmait et nous permettait ce luxe.

Comme vous le savez, les chefs indigènes d'Océanie sont souvent fiers de leurs nombreuses femmes, et seuls jusqu'ici quelques rares nouveaux convertis ont compris combien ces mœurs déplaisaient à Notre Seigneur. Il est coutumier pour eux d'offrir sa fille aînée à l'étranger qu'il veut honorer. Zacharia, jeune et célibataire, a succombé moins par sensualité que, pardonnez-moi ce mot, par politesse. Vous avez, vous aussi, assez sillonné ces terres de missions pour connaître la nature, non pas perverse, comme pourrait le croire le profane, mais naïve, de ces peuples qui ignorent notre civilisation. C'est une insulte, vous le savez sans doute, pour beaucoup de ces populations ingénues que de refuser cette offrande. Zacharia aurait, à coup sûr, fini par contracter une union chrétienne comme je m'apprête à le faire avec votre bénédiction. Ma promise est une jeune et très pieuse nouvelle baptisée de la chefferie qui me secondera utilement dans mon ministère. Je prie pour que notre

---

1   Évangéliste indigène.

cher Zacharia, brebis un instant égarée, reste dans notre troupeau et, qui sait, retrouve un jour sa place à Lifou où il a obtenu, surtout auprès des jeunes gens, beaucoup de nouvelles conversions à notre foi.

Je profite de cette lettre pour vous joindre un très curieux document que m'a confié un de nos premiers adeptes. Ce vieux paroissien est né et a vécu ses premières années en famille, dans une partie aujourd'hui abandonnée du sud de l'île, avant de choisir, comme beaucoup de chrétiens, de se rapprocher de notre petit temple. Il a gardé pendant longtemps quelques reliques de sa première vie, des idoles qu'il s'est finalement résolu à détruire comme nous le lui avions enseigné. Seul un panier tressé, rempli des feuilles froissées de l'espèce de grimoire que vous avez maintenant entre les mains, a été préservé de son zèle de néophyte. Il l'avait conservé toute sa vie, suspendu à côté de sa réserve de poissons au-dessus du foyer de sa case, lui prêtant un pouvoir sur sa bonne fortune à la pêche. Il fut l'un des premiers à savoir déchiffrer notre sainte Bible. Il se rappela juste avant sa mort le panier noirci qui avait pris l'aspect d'un gros galet luisant. Longtemps, pour cet homme simple, l'idée qu'il existât un autre écrit que celui dicté par Dieu à Abraham lui aurait semblé sacrilège ; il avait donc conservé pieusement sa trouvaille avec le même respect qu'il avait eu jadis pour ses statues impies, et puis, il s'était décidé à me l'apporter en tremblant, pour vérifier s'il fallait brûler aussi cet objet qui pouvait être œuvre du démon. Comme vous le découvrirez, une partie des feuillets a subi l'affront des ans, mais beaucoup de pièces restent lisibles pour ceux qui connaîtraient la langue française. J'ai appris à Tahiti quelques rudiments de cette langue proche de la nôtre, mais je n'en suis pas aussi familier que vous.

Les folios ne sont pas tous de la même matière. D'aucuns sont de papier, parfois palimpsestes plus ou moins bien grattés. On peut, par place, y deviner les lignes fantômes d'un livre de bord et d'une sainte Bible. D'autres sont faits d'un tissu d'écorce de banian battue, comme en fabriquent tous les peuples de nos îles, et dont se parent les femmes de mon pays. Un feuillet est même fait d'un vélin grossier sur lequel la plume a trébuché. Je vous joins aussi la boîte ouvragée qui contenait ces sortes de parchemins. Il est difficile d'imaginer qu'elle ait été confectionnée avec un coquillage comme ceux utilisés ici pour travailler le bois ; seul un outil en fer aura permis de ciseler cet objet avec une telle précision. Elle recelait cette plume d'oiseau taillée et durcie par le feu. La demi-noix de coco s'y trouvait également, enveloppée d'un tissu de drap comme ceux que vous avez apportés d'Angleterre. Nul doute qu'il s'agissait de la plume et de l'encrier qui ont servi à dessiner laborieusement les signes que vous déchiffrerez peut-être, si vous estimez qu'ils présentent quelque intérêt. L'encre séchée semble provenir de suie diluée dans de la sève, mais certaines lignes du texte, moins bien conservées, sont peut-être tracées au noir de poulpe. Il prétend avoir découvert ce panier dans une grotte au cours de ses jeux d'enfant. J'ai cru comprendre qu'il s'agissait d'une sorte de journal de bord de marin.

Je doute que ce texte profane puisse présenter quelque utilité pour l'édification de nos chrétiens, mais peut-être quelques savants dont vous faites partie y trouveront-ils de l'intérêt. J'ai en vain questionné mes vieux paroissiens pour savoir s'ils avaient eu connaissance d'un naufragé blanc, leur air embarrassé me laisse à penser que ce malheureux aurait bien pu être dévoré par ses compatriotes.

Votre frère en Jésus Christ, Fao[2].

---

2   Premier missionnaire originaire des îles Cook, envoyé à Lifou par la Société missionnaire de Londres.

Le Départ

Je naquis le 11 février de l'an 1744 en la ville de Dieppe, troisième d'une bonne famille de commerçants. Mon frère aîné dont j'ai un souvenir flou, mais dont la légende a baigné mes premières années, ne pensait qu'au voyage, au grand désespoir de mes parents qui n'avaient à lui opposer que la peur de le perdre, ce qui advint finalement dans des circonstances moins qu'héroïques. Engagé comme officier-matelot par un recruteur de Rouen, il s'est noyé en rentrant au bâtiment, avant même sa première campagne. Il avait été entraîné à fêter son départ dans tous les estaminets de la ville.

Comme on le verra, ce départ sans gloire et sans retour pour le pays que nous finirons tous par rejoindre un jour ne me découragea nullement. Mon père, prématurément vieilli par le labeur, qui rêvait pour son fils aîné de la reprise de l'entreprise familiale de fabrication et de vente de montres et de boussoles, reporta alors ses espoirs sur son second fils. Il fut déçu, là encore, puisque le cadet choisit une autre sorte de boussole et devint pasteur dans cette ville à demi huguenote. Ma mère, qui se voyait grand-mère, en fût ravie : à moins d'un retour de la peste, d'une nouvelle flambée religieuse ou de l'invasion des Anglais, elle avait l'espoir encore déçu de finir ses jours entourée d'une ribambelle de petites filles et d'au moins quelques petits-fils sédentaires. Quant à mon père, il reporta tous ses espoirs sur moi.

Au début je comblai ses vœux, car je montrai une certaine adresse dans la fabrication des compas de marine. Ces fleurons de notre « boussole dieppoise », magnifiques objets de précision aux cuivres étincelants, reflétaient mon visage rendu grotesque. Leurs bois d'ébène sévères ou d'acajous chaleureux qu'on avait envie de caresser luisaient au soir tombant dans la vitrine du quartier du Pollet, orientée à l'ouest. À huit ans, j'avais fait la fierté du « patron » et de ses employés-compagnons en inventant un perfectionnement dans la conception des cardans. À y repenser, je me demande si ce souvenir est fidèle et si mon père, dans sa folle envie que je perpétuasse l'entreprise familiale, n'avait pas, pour le moins, donné un sérieux coup de pouce à cette « invention » qu'il avait appelée en mon honneur le « cardan Robin », et pour lequel il avait obtenu une patente du roi : Sa Majesté n'était-elle pas, selon la légende, un artisan-serrurier hors pair ?

Mais ma fascination enfantine pour cet atelier aux senteurs de vernis et d'huile minérale, aux dizaines de petites vitres qu'on devait protéger les jours de gros temps, et qui, à partir de midi, projetaient des éclairages de tableaux flamands, mourut aussi soudainement que naissaient mes premiers poils au menton. Significatif, fut mon désamour brutal pour ma grand-mère, ma confidente si longtemps adulée et, irrémédiable, ma répugnance pour la vie étriquée de mes parents, tellement indignes, pensais-je avec l'arrogance de mes quinze ans, du destin formidable qui m'attendait. Il faut dire qu'entre-temps j'avais lu quelques feuilletons d'aventure illustrés, mais surtout traîné mes sabots sur le port, à longueur d'appareillages et d'atterrages. Soudain, l'odeur de lavande de la maison de ma grand-mère et ses récits campagnards du temps de la peste avaient étaient détrônés par des odeurs plus iodées de grand-large et par des légendes fabuleuses de flibuste. Mes longues journées et soirées passées à lire et rêver dans la sciure, accroupi sous l'établi à côté du chat de la maison, entrecoupées par l'apprentissage, voûté sur l'étau au côté des compagnons, les yeux rougis par le travail de précision, furent bientôt remplacés par des vagabondages le long des plages de galets et des courses venteuses au bord des darses.

Le commerce affectueux de mon aïeule fut détrôné du jour au lendemain par des initiations plus rudes et les fréquentations nocturnes assidues du *Cabaret du port*. Je m'exaltais des nuits entières, pendu aux lèvres menteuses des marins avinés. Je n'entendais plus mon père qui me prêchait à longueur de repas (quand je daignais y participer) la parabole des talents (car j'en avais, paraît-il, comme ingénieur). Je ne voyais plus les larmes de ma mère qui allait perdre, elle en était persuadée, un deuxième fils.

La légende familiale voulait qu'il y eût des flibustiers dans notre lignée. Des lettres jaunies, signées d'un certain Pierre Legrand provenant de la Nouvelle France, avaient été exhumées une fois ou deux d'un coffre ferré qui, j'en étais sûr, avait contenu jadis des doublons et des bijoux espagnols. Mes parents me parlaient peu et ma grand-mère jamais de cet aventurier, peut-être parce qu'ils auraient contribué à attiser mon imagination et à me détourner de mon destin tout tracé de boutiquier, peut-être aussi parce que le mystérieux correspondant aurait été un amour d'avant mon feu grand-père. Les deux conjectures me convenaient.

Je me mis obstinément en tête de trouver un embarquement pour l'Acadie.

C'est au *Cabaret du port* que, presque chaque soir, Jacobsen m'envoyait la fumée infecte de sa pipe à tête de pirate en me racontant ses « aventures ». Les volutes légères des calmes plats filtraient entre ses chicots, explosaient en noirs cumulus au moment des tempêtes et nimbaient le vieil homme d'une brume rêveuse quand il évoquait ses amours dispersées dans tous les ports du monde. Il racontait surtout les aventures des autres, mais aucun buveur de tafia n'osait le contredire, et chacun même, se disputait l'honneur d'alimenter sa faconde à coup de « petits secs ». Il avait, se vantait-il d'une voix rocailleuse, participé à tous les trafics, de l'opium au rhum, du café aux esclaves, de l'or aux pierres précieuses.

Mais c'est à un capitaine ivoirier qu'il me présenta après des semaines de siège. Le capitaine Ducourieux me trouvait trop jeune et ce n'est pas le maigre duvet qui parsemait mes joues encore pleines qui auraient pu le persuader que j'avais bien les seize ans requis.

C'est grâce à la complicité du vieux Jacobsen qui me présenta comme son petit-fils et surtout à mes capacités à me servir d'un compas qui finit par le faire changer d'avis. Restait à convaincre mes parents.

La réunion familiale dura jusqu'à l'aube.

C'était la première fois que je voyais mes parents pleurer et il s'en fallut de peu pour que je renonçasse à mon projet. Mais après que mon père eut radoté une nouvelle fois la parabole des talents, après que ma mère se fut tordu les mains en jurant qu'elle mourrait de douleur si son fils qui l'avait tant fait souffrir pendant son enfantement, si cet ingrat partait dans des pays où il serait mangé par les cannibales... Les yeux me piquaient bien encore un peu, mais surtout du fait de la fumée grasse des bougies qui se consumaient.

Au matin, ma résolution était plus ferme que jamais. Mes parents avaient fini par s'affaler, épuisés, sur la table de la cuisine. Lâchement, j'en profitai pour rassembler mes vêtements les plus chauds et mon meilleur couteau. Au dernier moment, j'ajoutai mon Rousseau, l'écrivain au grand cœur. C'était un exemplaire défraîchi par les multiples relectures, du *Discours sur l'origine et les fondements de l'inégalité humaine*. Je me faufilai le plus silencieusement possible dans la cour. Hélas, ma mère, réveillée par le grincement de la barrière, me rattrapa dans la rue du Bœuf.

Sans un mot, elle glissa dans mon barda, une vareuse et sa propre petite bible, puis fit demi-tour.

Tout était dit. Ma vie était ailleurs. Beaucoup plus loin. Reverrai-je un jour ma famille ? Je ne le savais pas, et quand je logeai mon sac sous ma bannette du *Ville du Havre*, je ne m'en souciais pas le moins du monde.

Premières expériences

Ces larmes que je n'avais pas voulu voir, ces suppliques contre lesquelles je m'étais bouché les oreilles me remontèrent à la mémoire plus tôt que je n'aurais pu l'imaginer.

Nous partîmes du port avec un peu de retard sur la saison, en début de jusant. Un clapot nerveux nous fut offert en guise de bienvenue, dès la digue franchie. Nous étions en octobre et un petit crachin rougissait mes joues encore tendres, me piquait le nez et les yeux de mille pointes d'aiguilles, engourdissait mes mains plus habituées aux travaux de précision qu'au maniement des aussières et, surtout, rendait le pont glissant comme verglas. «Une main pour l'armateur, une main pour le marin, petit!», me prévint un énorme matelot roux, pieds nus, qui semblait boulonné sur le pont et qui me stoppa net dans une course diagonale vers la coursive sous le vent.

L'excitation de l'appareillage, la chaleur de l'action, l'attention aux mille ordres hurlés contre le vent que le novice doit déchiffrer et exécuter dans l'urgence, le repérage des mains-courantes providentielles, toute cette agitation me firent oublier dans les premières heures un ennemi que je ne connaissais pas alors et qui me terrassa souvent au cours de mes voyages. Sitôt l'excitation du départ et la côte disparues, je donnai pour la première fois à manger aux poissons. Pendant vingt-quatre heures, je restai prostré sur ma couchette. Le colosse roux que l'équipage appelait Goliath me sauva la mise en prenant ma place de quart.

Vingt-quatre heures plus tard, j'étais à peu près amariné et ne pensais plus à la chaleur du foyer.

Le capitaine montra à mon égard une indulgence que je croyais devoir au vieux Jacobsen, mais il s'avéra surtout qu'il comptait sur moi comme timonier et qu'il voulait tester mes dispositions à la navigation. Suivre une route au compas ne me posait évidemment pas de problème, lire une carte marine et y tracer un cap, faire une estime, j'avais fait tout ça plus d'une fois avec Jacobsen sur une table bancale du *Cabaret du port*. J'avais même quelques connaissances dans le fonctionnement du sextant, alors que beaucoup de navires en étaient encore dépourvus. Quant au maniement de l'unique et très grosse barre à roue, j'en devins un maître au bout de quelques jours.

Le capitaine Ducourieux, je l'appris très vite par les plaisanteries un peu inquiètes des matelots, avait de longs moments de mélancolie qu'il combattait à coup de tafia. Rapidement le « pacha » me confia la fonction de pilote, même dans les manœuvres les plus délicates. Dès les premières heures, le barreur attitré surnommé

Jonas, vieille épave tordue et taciturne qui faisait alors son dernier voyage, avait levé son nez bourgeonnant vers le ciel et, voyant ma mine, avait bougonné qu'il s'agissait d'un « plein bonnet de vent » qui « m'apprendrait le métier », puis avait promptement regagné son cagnard.

Le *Ville du Havre*, flûte de 150 tonneaux achetée ou prise aux Hollandais, était bien adaptée au commerce de « Guinée », mais son armement limité à douze canons le rendait vulnérable. Après plusieurs jours à tirer des bords en Manche par grand frais de norois, nous parvînmes à embouquer le golfe de Gascogne, grand-largue par houle énorme. Le navire escaladait péniblement des montagnes noires festonnées de dentelle blanche, finissait par s'immobiliser pendant un moment interminable avant de redescendre follement la pente dans un bruit de cascade, enfournait dans le creux au risque de sancir, tandis que des masses mousseuses gigantesques balayaient le pont, emportant matériel ou homme mal arrimés. Le capitaine m'avait attaché au socle de la barre. À chaque déferlante, j'étais submergé, mais je tenais bon. Trois jours durant, je restai à ce poteau de torture quasiment vingt-quatre heures sur vingt-quatre, engoncé dans deux blouses enfilées l'une sur l'autre, relayé parfois pour une ou deux heures de repos ou pour un bol de soupe.

... Passage illisible.

... On disait que la tour d'Hercule avait été remise en état et qu'elle préservait, comme jadis pour les trières romaines, des terribles écueils galiciens. Nous devions apercevoir son faisceau en cours de nuit. Je ne la vis pas, soit que les embruns et la pluie cinglante nous l'eussent cachée, soit qu'elle eût été encore en réparation. Ligoté à ma barre pendant de longues heures, il me semblait que j'étais le seul passager sur un bateau fantôme. Mais non, le capitaine fit soudain irruption de sa cabine du château arrière qu'il n'avait pas quittée depuis vingt-quatre heures, la crinière blanche ébouriffée et le teint cramoisi. Il me souffla son haleine nauséeuse au visage et hurla : « Alors, cette tour, tu l'as vue ? » Il plissa les yeux vers l'horizon, sortit une montre en or de son suroît, scruta le ciel et désigna finalement l'est du doigt : « Il est juste là, à vingt miles ! »

Il me tendit une petite flasque métallique : « Tu veux de la soupe du marin ? » Je refusai, n'étant pas du tout assuré de l'effet qu'aurait son rhum sur mon organisme épuisé. J'étais stupéfait : Ducourieux avait suivi la navigation depuis sa cabine et semblait connaître précisément notre position ; ainsi, je ne me permis aucune objection à son ordre : « Mets un peu d'est dans ton sud, matelot, on va bien finir par le voir, ce maudit phare ! »

Nous avons légèrement abattu, contredisant son propre adage : « L'ennemi du marin, c'est la côte ! » Nous étions sous foc et brigantine. Deux matelots sortirent de leur hamac pour mollir le peu de toile qui restait sur le pont. Malgré cela, le bateau gagna encore quelques nœuds et prit un peu plus de bande. Toute la nuit, le pacha et moi scrutâmes les ténèbres, nous relayant à la barre. Mon capitaine s'était mis en tête de faire mon éducation et de me raconter, entre deux rasades de tafia, une vie hasardeuse du Québec au Cap des Tempêtes. Il hurlait contre le vent, sa barbe ruisselante collée à mon oreille, titubant, se rattrapant aux rayons de la barre et rendant les manœuvres plus difficiles. Je ne savais pas encore qu'il vivait le dernier épisode de ses aventures.

L'aube nous fit découvrir une mer noire hérissée de mille crêtes blanches écumeuses.

C'est le bruit qui alerta en premier l'oreille exercée du capitaine : il me poussa brutalement : « Tribord toute, la moussaille, ça brise à bâbord ! » Le vaisseau se redressa, brusquement déventé. Avec les deux marins de quart, nous nous traînâmes à l'avant pour raidir le foc et rester manœuvrant.

C'était trop tard : le navire émit un interminable gémissement rauque, puis s'immobilisa dans un craquement sinistre. Alors que j'étais occupé à tourner l'écoute de foc au taquet, le cordage s'enroula autour de ma jambe et me sauva la vie. Mes compagnons à la manœuvre eurent moins de chance et furent emportés. Je rampai vers le poste de pilotage, hurlai le nom du capitaine. Il avait disparu lui aussi. Il y eut un nouveau craquement, plus lugubre encore que le premier, et le *Ville du Havre* s'immobilisa sur le flanc tribord, tandis que les premières barres de flèche enfournaient, brisant le grand mat qui s'abattit dans un fracas épouvantable.

Le navire tressaillait à chaque vague comme un animal à l'agonie. Il n'y avait plus âme qui vive sur le pont, la barre orpheline tournait follement, dans un sens puis dans l'autre. Le bateau faisait un angle de quarante-cinq degrés sur l'horizon. Je réussis à saisir et à assurer un hauban qui battait le tillac comme une mèche de fouet et me préparai à descendre dans le ventre du navire pour essayer de sauver un éventuel survivant. C'est alors que la tête rouge de Goliath jaillit d'une écoutille : « Ils sont tous morts là-dedans ! »

Je l'informai de la disparition du capitaine et des deux matelots.

Un jour sépulcral éclairait le pont dévasté. Le bateau, comme embroché sur le récif, ne semblait plus s'enfoncer, mais chaque vague l'ébranlait dans des craquements qui présageaient une dislocation rapide.

L'une des deux embarcations de secours que l'on appelait le canot du capitaine était allée rejoindre son propriétaire au fond de l'eau. Miraculeusement, la chaloupe pontée, toujours élinguée, semblait intacte à tribord, saisie sur le pont gîté ; il ne restait qu'à la mettre à l'eau sans la fracasser contre la coque. L'entreprise nous prit une bonne partie de la matinée, mais vers midi nous étions à flot, de l'eau jusqu'à la taille. Il fallut encore écoper ce qui nous prit de longues heures, chaque vague anéantissant nos efforts. La chaloupe enfin allégée, nous pûmes faire route plein est à dix nœuds, ne nous servant des avirons que pour nous maintenir dans le vent. Nous priions pour que la côte fut accore et ne ressemblât pas à mes falaises natales du pays de Caux. Nous fûmes exaucés, un rayon de soleil troua bientôt le ciel d'apocalypse et nous laissa deviner la ligne noire de la côte dans l'après-midi, d'abord par intermittence, puis assez clairement pour reconnaître une petite plage de sable où des silhouettes humaines semblaient nous faire des signes. Toujours porté par le vent de suroît et par les lames furieuses, je m'efforçai de barrer vers le groupe rassemblé sur le rivage. C'est alors que notre chaloupe fut catapultée et retournée. Nous avions franchi sans le savoir une vague redoutée par les riverains, parfois appelée barre. Nous dûmes notre salut à des anges gardiens envoyés par la divine providence : à demi noyés, nous fûmes hissés sur le rivage par un groupe d'hommes encordés. Il s'agissait de moines franciscains de San Martino de Pinario, qui, selon la coutume, pêchaient pour payer le loyer de leur abbaye. Les saints hommes, non contents de nous avoir sauvé la vie, nous accueillirent avec toute la munificence que leur permettait leur dénuement. Après vingt-quatre heures d'un sommeil ininterrompu, nous fumes conviés à la longue table des moines où il fallut raconter notre odyssée. À la fin du repas, il y eut un conciliabule, puis le frère supérieur nous annonça que nous pouvions rester le temps de reprendre des forces et même pour plus longtemps. Pour toujours, si telle était notre vocation.

Mon éducation parpaillote et mon inclination me rendaient peu versé dans les tierces, les sixtes et surtout les matines. Pendant les longues heures de prière, je pris l'habitude de me réfugier dans la belle bibliothèque du couvent. J'y passais des journées à admirer les enluminures, à somnoler, à rêver et à discuter avec le frère supérieur qui y séjournait toujours entre deux offices pour lire et préparer ses sermons. Les premiers jours, encore affaibli par ces épreuves terribles, je pensais, les larmes aux yeux, à mes compagnons et au capitaine Lecourieux. Je pensais aussi à mes parents. L'odeur d'encaustique et de chandelle de la bibliothèque, la douce lumière qui tombait de ses vitraux, me rappelaient l'atelier. Ils n'étaient pas gens à me faire payer ma désertion ni à se gausser de mes faiblesses, me disais-je, je m'imaginais au contraire fêté comme l'enfant prodigue. Frère Benoit, le supérieur, m'encouragea pendant les premiers jours dans cette voie de piété filiale. Par ailleurs, dois-je l'avouer, cette initiation… tempétueuse, m'avait terrorisée et je n'étais pas si pressé pour le moment de reprendre la mer. Mais plutôt que revenir la queue entre les jambes dans l'atelier paternel, je choisis de rester pour un temps chez les accueillants moines.

Le savant frère supérieur, dont les sourires s'étaient incrustés dans le visage, semblait avoir tout lu de la multitude des textes sacrés écrits en latin, en grec et en hébreux, ainsi que des nombreux ouvrages profanes en espagnol et en français. Il retraçait de mémoire cartes et portulans. Il conserva la même bienveillance après avoir constaté mon peu d'enthousiasme pour les livres saints et entreprit peu à peu de me guider dans mes lectures. Il avait bien deviné mes intérêts et me choisit plusieurs traités de géographie, des récits de voyage et des cours de navigation. Je me passionnai aussi pour la médecine, de Galien jusqu'aux travaux les plus modernes de James Lind sur le scorbut. Il me confia en rougissant les premiers volumes de l'encyclopédie de Denis Diderot et je passai des heures à en reproduire les planches anatomiques.

Je trouvai des copies des découvertes horlogères les plus nouvelles de John Harrison et de Ferdinand Berthoud en concurrence pour gagner les vingt mille livres sterling promises à celui qui fournirait une méthode pour déterminer la longitude à un demi-degré près.

Dans cette ambiance studieuse, j'entrepris de mettre au propre le journal de bord que j'avais commencé pendant mes rares moments de calme à bord du *Ville du Havre*. Je le complétai par les mots d'espagnol que je glanais auprès des moines ou que je recopiais à la bibliothèque.

Je ne me reconnaissais plus : les jours s'écoulaient sans que je m'ennuyasse. Ma mère en aurait été bien surprise, elle qui m'avait traîné naguère, à la suite de mon frère, chez le redouté pasteur Michel pour y apprendre à lire. En avais-je passé des heures sur la bible de Luther, les yeux rougis au ras de l'épais ouvrage ! Je sentais encore l'odeur des pages moisies et me surprenais à guetter le bruit métallique de la règle qui me faisait sursauter quand, par malheur, mon impitoyable éducateur me prenait la joue collée sur le pentateuque. Mon père qui ne savait que compter et déchiffrer des croquis d'horloges et de baromètre estimait cet enseignement inutile, mais ma mère, relayée ensuite par mon frère, resta inflexible. Et voilà que je trouvais maintenant de l'intérêt à l'étude sous l'amicale direction du savant moine. Il m'apprit qu'on pouvait même y éprouver du plaisir.

Un jour, infatué par mes connaissances toutes neuves, je parlai de l'ignorance de mon père avec condescendance. Frère Benoit abandonna alors pour la première fois son équanimité et m'expliqua sévèrement que l'habilité et le savoir-faire que l'on m'avait transmis étaient tout aussi respectables aux yeux de Dieu. Jésus n'avait-il pas été charpentier ? Il me pria à partir de ce jour de l'accompagner régulièrement dans le champ où les moines cultivaient et élevaient poules et cochons. Tout d'abord piqué par les remontrances du prêtre, je compris qu'il ne s'agissait aucunement d'une punition, mais d'une leçon d'humilité et surtout d'une juste contrepartie pour mon entretien. J'y retrouvai Goliath qui portait à présent une bure et une grosse croix en bois autour du cou. Le géant, fils de fermier à l'allure de Viking, y était très apprécié pour sa force de taureau et son entrain. J'appris ainsi les métiers du jardinage et du soin des animaux.

Deux années passèrent. Je parlais désormais l'espagnol sans accent, selon mon indulgent précepteur, et j'étais venu à bout du *Quixote*. Goliath était devenu novice et le doux géant m'avoua en rougissant qu'il allait bientôt prononcer ses premiers vœux. J'eus le plaisir de le croiser régulièrement avec son « maître » à la bibliothèque. De mon côté, une fonction de simple oblat me convenait parfaitement.

Mais une circonstance infléchit à nouveau le cours de ma vie. Comme je l'ai raconté, les moines complétaient leurs maigres revenus par des campagnes de pêche plusieurs fois par an. On me proposa d'y participer. En bon dieppois, j'y tins mon rang. Par la suite, je guettai avec impatience ces journées joyeuses où les frères les plus jeunes troquaient le froc pour le sarrau. Entassés sur deux chars à bœufs, nous roulions en cahotant vers la plage où Goliath et moi avions naguère été repêchés. Les cantiques faisaient alors place aux chansons de marins, les mines graves étaient remplacées par les rires et les plaisanteries. Seules les Actions de grâce en cas de bonne fortune pouvaient distinguer notre groupe de jeunes gens des villageois et des pêcheurs des environs.

Je retrouvais le goût du sel sur mes lèvres, le vent qui piquait mon visage et m'ébouriffait les cheveux, la respiration de la houle franchissant la barre et explosant en gros rouleaux sur la plage et loin, si loin, l'horizon.

Au retour, pendant deux ou trois jours, frère Benoit me trouvait moins appliqué et plus intéressé que jamais par l'étude des cartes et des récits de voyage !

Un jour, j'accompagnai frère Luc dans son expédition mensuelle au port de La Coruna. Je profitai qu'il avait une visite chez des prêtres de la paroisse pour aller flairer les relents de poissons et de goudron de calfat, pour chahuter les mouettes, respirer à pleines narines les bourrasques salées. Telle la fringale qui s'empare de l'ivrogne sevré de longue date en reconnaissant l'odeur de vin à la porte entrouverte d'une gargote, je me sentis à nouveau une frénésie de grand large.

Les odeurs de vernis et de colle de poisson qui m'avaient réconforté après le naufrage m'écœuraient à présent. Les chants grégoriens qui m'avaient charmé les premiers jours me faisaient maintenant bâiller. J'avais la nostalgie de la musique tellement plus exaltante du vent dans les gréements ou des gueulantes dans les tavernes.

Pendant plusieurs semaines, je repoussai le moment d'avouer aux moines ma décision de repartir à l'aventure, surtout à Frère Benoit qui m'appelait « mon fils » et que, de mon côté, j'appelais « mon père », et qui, en effet, était devenu pour moi un père moins bourru et plus savant que celui d'autrefois.

Mais je n'avais pas oublié non plus les enseignements du premier. J'employai mes derniers jours à fabriquer pour mes hôtes un baromètre selon le modèle de M. Bourdon qui trône peut-être encore sur le lutrin du père abbé. Cet homme bienveillant qui avait applaudi à mes projets de retour en famille me félicitait maintenant pour mon goût de l'aventure et des voyages qui, dit-on, forment la jeunesse.

Je deviens planteur

Je profitai de l'expédition mensuelle de la charrette du couvent et arrivai dans l'allégresse sur le port de La Coruna.

Ma mère, en cachette de mon père, avait cousu quelques louis dans la doublure de mon caban, mais je n'eus besoin d'en faire usage que pour payer à boire à de nouveaux compagnons. Mes bienfaiteurs m'avaient recommandé à une sainte femme qui logeait seule dans une masure sur le port et qui m'offrit gîte et couvert en attendant de poursuivre mes voyages.

Je devins une pratique régulière des caboulots du port espagnol. Je me targuais de mes capacités de navigation, mais restais discret sur le naufrage du *Ville du Havre*, tant les marins se montrent habituellement superstitieux. Ainsi, plusieurs compagnons de beuverie avaient essayé de me détourner de la vie à laquelle j'aspirais, car j'avais, selon eux, le mauvais sort.

J'y rencontrai toutes sortes d'aventuriers prêts à vendre leur mère pour quelques écus. J'éconduis plusieurs recruteurs négriers bordelais dont le trafic est si gourmand en équipage. Ce commerce n'était pas pour moi: mon éphémère ami, le capitaine Ducourieux, m'avait assez raconté, entre deux rasades de rhum, les conditions déplorables du transport des esclaves vers les plantations de Martinique.

Ce furent encore les frères de San Martino de Pinario qui me vinrent en aide en me présentant au capitaine De la Rivera qui faisait au hasard de ses escales, des retraites chez les accueillants bénédictins. Ils me firent rougir en m'introduisant comme un savant en navigation, et le capitaine qui avait besoin d'un sous-lieutenant pour le Brésil m'accepta à bord du *Sao Jose*.

Le voyage en berline jusqu'au port de Viana da Foz do Lima nous pris deux semaines. L'avitaillement, le chargement en denrées et matériel pour les plantations et le recrutement des marins, un bon mois supplémentaire. Enfin nous appareillâmes pour le Nouveau Monde. J'étais sous l'aile protectrice du capitaine De la Rivera avec qui je perfectionnai mes connaissances de la navigation et appris les rudiments de la langue portugaise. Cette amitié avec le capitaine ne manqua pas de faire quelques jalousies que je désamorçai en étant le plus diligent aux manœuvres, si ce n'est le plus adroit. Des manœuvres, il y en eut d'ailleurs peu sur ce trajet monotone sous alizés habituellement bien établis en cette saison. Quel changement d'avec ma terrible initiation dans le golfe de Gascogne! De la navigation, j'avais connu l'excitation et l'effroi. Je découvris la paix et l'ennui.

... manquent quelques phrases. Quelques pages sont couvertes de chiffres, sans doute des coordonnées. Il y a aussi des croquis d'arrivées de port, quelques portraits au fusain et des aquarelles pâlies.

De la Rivera était, à chaque escale, accueilli comme le messie par les planteurs de canne qui pouvaient écouler leur sucre, acheter du matériel agricole et collecter les nouvelles de la métropole. À la fin d'un repas copieusement arrosé de vieux rhum, je surpris le capitaine en conciliabule avec notre hôte.

— Senhor Frances, vous tombez bien, me cria-t-il pour couvrir le bruit des guitares de la fête, nous avons une proposition à vous faire. Vous avez eu l'air de vous intéresser à la culture de la canne à sucre. Mon ami est prêt à vous laisser un petit bout de terre et quelques esclaves mâles. Moi, j'ai un voyage à faire aux Mascareignes, ils ont du café à vendre là-bas. L'année prochaine, je serai de retour. Si la vie à terre ne vous convient pas, je vous reprends avec moi.

J'hésitai : je n'avais pas quitté la routine familiale, puis l'austère vie monacale pour m'enterrer dans une plantation, même si la lumière incandescente du Brésil détrônait avantageusement la grisaille dieppoise et la pénombre du monastère. L'esprit pionnier de ces rudes colons n'était pas non plus sans m'attirer. La jolie Maria-Dolores, la plus jeune fille métisse d'Alvarez qu'on me présenta comme « un petit cœur à prendre » finit de me convaincre.

Du lever au coucher d'un soleil brûlant, j'appris mon nouveau métier dans mon *engenhio*, la plantation et sa sucrerie, avec l'enthousiasme des néophytes. Mes nègres, d'un âge sans doute moins avancé qu'il ne paraissait, me furent plus utiles par leurs connaissances de la canne que par leur force déclinante, et certaines fois, on aurait pu se demander qui était le maître et qui était l'esclave. Peu m'importait, tant j'étais heureux, du moins dans les premiers temps, de dérouiller mes muscles engourdis par les années d'atelier paternel et d'études dans la bibliothèque du couvent. Il nous fallut un mois pour extirper les vivaces mauvaises herbes tropicales, un deuxième pour faire les sillons et y coucher les tiges. On m'enseigna la fabrication du sirop et la distillation du vesou. Je fis aussi d'autres apprentissages avec Maria-Dolorès, quand son vieux précepteur en avait fini avec ses leçons et qu'elle réussissait à tromper la surveillance de la négresse qui lui servait de duègne.

Ma récolte m'attira le respect d'Alvarez qui m'invitait régulièrement à sa table où mon rond de serviette était placé à côté de celui de sa fille. Cependant, je profitais des moindres moments de loisir que me laissait le désherbage et où Maria-Dolorès n'était pas disponible pour des badinages dans le maquis. J'empruntais alors la carriole de la station pour aller errer sur le port. J'assistais aux arrivées lointaines, je flairais les odeurs de rhum et de morue salée, j'écoutais les récits fabuleux des marins et je me renseignais inlassablement sur le retour de la goélette de De la Rivera : quelqu'un ne l'avait-il pas croisé à La Coruna ou à Saint-Malo ?

Sa voix railleuse me fit sursauter un jour de janvier, tandis que j'amendais mes sillons. « Alors les terriens ? Il y a du sucre à vendre par ici ? » avait-il braillé avant d'éclater d'un rire tonitruant.

Alvarez me prit à part et fit tout son possible pour me retenir. J'avais fait la preuve de ma vaillance et il avait besoin d'un contremaître. Nos parcelles réunies feraient une grande propriété prospère. Et puis, me bredouilla-t-il tout bas, comme si sa fille pouvait l'entendre, Maria-Dolorès était bientôt en âge de se marier. Si je voulais...

Mais il me restait tant de contrées mystérieuses à découvrir, tant de princesses à aimer, tant de fortunes à faire ! Mon destin, à coup sûr, était derrière l'horizon.

Je laissai la moitié du prix du sucre au généreux planteur qui accepta, à condition que je revienne l'année suivante pour reprendre place à ses côtés.

La longue route

À cette époque, Sa Majesté avait recouvré les Mascareignes, et la Compagnie française des Indes orientales dissoute n'avait plus le monopole du café. Il y avait une opportunité pour d'habiles commerçants comme le capitaine De la Rivera. Nous embarquâmes en janvier et fîmes route plein sud pour contourner les vents alizés et quitter les zones de tempête. Les courants côtiers favorables et un vent qui adonnait à mesure que nous descendions en latitude nous permirent de noyer la terre vers les trentièmes sud, de toucher des vents d'ouest et d'atteindre le cap des Tempêtes en trois mois. Cette traversée, plus rude que l'ennuyeuse route des alizés, continua de m'aguerrir dans mon métier de marin. Je passais cependant de longues heures à rêver, à lire les livres de navigation du capitaine et à pêcher dans les périodes de calme. Je consignais aussi tous les mots des langues et patois que j'entendais autour de moi.

Je me pris de passion pour les albatros qui nous escortèrent plusieurs semaines avant d'apercevoir les côtes africaines. Ces majestueux volatils se reposaient parfois sur nos gréements ou sur le pont, se retrouvant alors victimes des marins désœuvrés. Je réussis à persuader mes compagnons d'abandonner leurs jeux cruels et plusieurs de ces oiseaux, de souffre-douleurs, devinrent nos mascottes.

« La table est servie », me claironna un jour, énigmatique, le capitaine.

L'énorme montagne de La Table était en effet ce jour-là, coiffée d'une nappe blanche de nuages. Nous étions au cap.

Une semaine après avoir mouillé dans la baie de La Table, le capitaine avait pris contact avec les marchands hollandais et avait tenté de négocier un prix honnête pour notre cargaison de sucre. Mais, plus tard, il apprit que le *Sao Jose* était consigné par la toute puissante Compagnie hollandaise des Indes orientales.

J'eus alors l'occasion de lui prouver ma gratitude. Chez un négociant sucrier, je rencontrai un certain Joubert qui, apprenant que j'étais dieppois et huguenot de surcroît, m'invita chez lui dans un français rocailleux. Olifentschoek, rebaptisé Frenchhoeck, avait été, quelques dizaines d'années auparavant, colonisé par des Français qui y avaient fait pousser des vignes et y produisaient un vin ressemblant à celui de Porto. Joubert était un notable de la colonie. C'était le seul de sa génération à connaître encore quelques rudiments de notre langue. Les villageois étaient maintenant métissés et on n'y parlait plus qu'un hollandais corrompu.

Grâce à cet ami du gouverneur, le capitaine put vendre notre cargaison, acheter quelques tonneaux de vin et obtenir les laissez-passer pour quitter le port.

Pour De la Rivera, qui me traitait à présent comme son associé, et même comme son fils, après quelques verres du breuvage puissant de Frenschhoek, il était acquis que je continuerais le voyage jusqu'à l'île Bourbon pour y échanger notre vin contre du café. Mais telle n'était pas l'idée que je m'étais mise en tête au cours des longues heures de rêverie à la barre du *Sao Jose* et des discussions dans le sabir parlé par les marins de tous les ports. Mon destin était d'aller vers Batavia, jusqu'à Cathay, jusqu'au bout du monde, quoi !

Joubert, encore lui, me recommanda à un ami de la compagnie néerlandaise. Ma part de sucre s'était bien vendue grâce à ce descendant de français viticulteur. J'achetai alors des marchandises que je savais recherchées dans la colonie et j'embarquai comme subrécargue à bord du Jonker.

Quel changement ! Même si je n'avais pas eu à me plaindre de ma précédente condition de pilote, je serais resté un oisif passager de luxe si mon caractère ne m'avait porté à jouer, dès les premiers jours, les mouches de la fable. Rapidement, je fis valoir mon savoir neuf dans les choses de la navigation, jusqu'à me rendre indispensable auprès de mon nouveau capitaine. Durant les quatre mois que dura la traversée, je passai la plupart de mes journées sur le gaillard d'arrière auprès de l'homme de barre ou du maître pilote.

Comme la plupart des vaisseaux de la compagnie, nous suivîmes la route du sud, par une mer clémente, sans croiser une seule voile, en particulier de corsaires. Nous eûmes moins de chance quant à la santé de l'équipage.

Nous avions embarqué plusieurs tonneaux de choucroute et aucun homme ne contracta le scorbut. Cependant, nous déplorâmes la mort de sept matelots frappés par le typhus quelques jours après l'appareillage, et plusieurs blessés dont deux ne purent être sauvés, malgré la science de notre dévoué chirurgien major, monsieur Le Callonec. Deux hommes tombèrent à l'eau et ne purent être ramenés à bord. Quant à moi, je ne souffris que d'une légère calenture en approchant les hautes latitudes. Notre chirurgien avait fréquenté l'école de Rochefort. Il parlait un français entrecoupé de breton, surtout avec son aide qui était du même village que lui. Il me traita par le repos, par le courant d'air du pont, une triple ration d'eau vinaigrée et une thériaque de sa composition. Je passais de longues heures avec cet homme savant, l'aidant souvent à la préparation des vulnéraires et de la charpie, nettoyant les instruments, l'assistant une fois pour l'amputation du boulanger du bord qui souffrait de gangrène. Il me transmit, en plus des mots quotidiens de la langue bretonne, une grande somme de connaissances en anatomie, physiologie et chirurgie qui me furent utiles tout le reste de ma vie.

*... suivent une chanson dans une sorte de créole, des
dessins au crayon et à la plume, toute une liste de mots
espagnols, anglais hollandais et même cantonais.*

... Batavia était une ville fortifiée, surtout habitée par des hommes hollandais, leurs femmes souvent
indigènes et une foule d'esclaves. Les Chinois, si nombreux par le passé, avaient été exterminés vingt ans
auparavant et leurs maisons brûlées. Autour des fortifications, les cultures et les baraques en bambou se
pressaient, chaque groupe racial séparé, peu de blancs
osant s'aventurer dans ces quartiers. Je passai trois
mois dans le palais de Jan Eriksohn, le temps de négocier mon vin et de me faire quelques relations qui pensais-je, me seraient un jour profitables. J'arpentais les
canaux afin de trouver un nouvel embarquement. Mon
destin m'appelait toujours plus à l'est.

Deuxième naufrage

J'avais vendu mon vin à bon prix, les buveurs de bière originaires d'Amsterdam ayant à ce moment toutes les peines du monde à s'approvisionner en leur breuvage favori. Je plaçai une moitié de mon argent dans des actions de la VOC[3] et négociai une place sur le *Haarlem* pour Canton.

J'étais passager payant et occupais une des petites cabines réservées aux rares personnes dans mon cas, et parfois à la famille du capitaine.

Toutes les nations étaient représentées, excepté les Anglais et les Espagnols, bien sûr. Sur cette tour de Babel, chaque peuple faisait bande à part ou communiquait avec un sabir rudimentaire et souvent à coups de poing. Mais plus question de familiarité avec l'équipage, la barbe impérieuse, les sourcils broussailleux et les yeux de glace du capitaine De Wilde ne l'auraient pas toléré.

---

3   Compagnie néerlandaise des Indes orientales.

Je me préparais à un voyage ennuyeux, rythmé par des repas lugubres à la table des officiers, seulement égayé par l'observation de mes amis les albatros et par l'étude de la langue néerlandaise que je m'étais mis en tête d'apprendre après le portugais.

Le sort en décida autrement.

Selon mon estime, nous approchions de Kalimantan. Le capitaine avait fini par me tolérer à ses côtés sur le gaillard d'arrière. De Wilde, particulièrement bougon, confirma et précisa mes calculs par monosyllabes ; nous étions à quelques centaines de miles au sud-ouest de Balangbanganau, île où la compagnie néerlandaise essayait de prendre pied et où nous devions nous approvisionner en vivres frais. C'est alors que je remarquai sa mine crispée et son regard semblant rivé sur la lointaine couronne de cumulus. Comme je lui demandai ce qui le préoccupait, il me tendit sa lunette sans un mot en me montrant l'horizon du doigt, le point blanc encore minuscule d'une voile s'y détachait. Tout l'après-midi le point grossit. Il s'agissait d'un pirate chinois, selon De Wilde. Il ordonna qu'on abatte, espérant l'avantage à des allures portantes pour notre navire plus lourd, mais plus toilé. Inexorablement cependant, la distance entre nous s'amenuisa jusqu'à pouvoir distinguer la silhouette des hommes qui s'agitaient sur le pont. Le brigantin de nos poursuivants était plus petit, mais plus léger et surtoilé. À la nuit tombante, on pouvait encore deviner la gueule noire de ses canons. J'en comptai trente-six. Nous avions les nôtres, mais ceux de la batterie basse avaient été supprimés au profit d'un plus grand volume de cale. Le capitaine ordonna de mettre le cap plein nord, doubla l'équipage sur le pont qui fut chargé d'établir toute la toile. Vers minuit, quand la lune se leva, le navire pirate n'était plus en vue. Aux premières lueurs de l'aube, comme je félicitai De Wilde pour ses manœuvres, il me tendit sa lunette : « Kijkt naar ! », un petit point banc se détachait à nouveau sur l'horizon. Dans la matinée nous pûmes clairement distinguer les canonniers s'activer. Le brigantin était dans notre sillage et, au regard de nos allures respectives, nous allions être déventés puis abordés par notre poupe dans l'après-midi.

À la mi-journée, le vent forcit encore et De Wilde ordonna d'abattre sans réduire notre voilure. Le bateau prit de la gîte au point que les vagues léchaient nos bouches à feu pourtant en position élevée. La distance avec nos poursuivants resta stable alors, et même, augmenta sensiblement dans les rafales. Nous ne nous réjouîmes pas pour autant, sachant combien ces forbans sont acharnés quand ils espèrent un bon butin.

Dans l'après-midi, nous avions gagné près d'un mile sur les pirates et j'interrogeai le capitaine dans mon néerlandais hésitant. Pour la troisième fois, toujours aussi laconique, il pointa cette fois-ci un doigt vers notre nord-est : « Kijkt de wolk ! » Il était dit que la providence ne nous secourait que pour nous plonger dans une nouvelle épreuve. Il me montrait un nuage noir d'encre qui nous coiffa en quelques minutes comme un couvercle, accompagné de trombes d'eau. Les rafales continuèrent de forcir et De Wilde fut obligé de donner des ordres pour réduire la toile. Nous perdîmes deux gabiers dans la manœuvre, les malheureux n'ayant pas eu le temps de s'assurer, ils furent comme soufflés du haut d'une vergue alors qu'ils prenaient leur ris.

Nous avions considérablement dévié de notre route, et Balangbanganau était maintenant loin dans notre nord-est. L'intention de De Wilde était de mettre le cap sans escale pour Macao, mais le vent et la mer sont maîtres plus impérieux qu'un capitaine. La nuit qui suivit nous plongea dans un effroi plus terrible encore que la veille, car si nous risquions par les pirates d'être réduits en esclavage, c'était, cette fois-ci, la mort par noyade qui nous attendait à coup sûr. Toute la nuit, nous affalâmes les voiles une à une jusqu'à nous retrouver au petit jour à sec de toile, en fuite sur une mer monstrueuse.

Le gros temps dura douze jours au cours desquels il ne s'agissait plus de faire route, mais de fuir à mat et à corde. Nous perdîmes deux hommes écrasés par la chute de notre grand-mat et deux autres encore qui tentaient de couper les haubans pour libérer l'espar devenu dangereux. Misérable bouchon, notre navire dévalait la pente de vagues démesurées qui risquaient de nous engloutir ou de nous retourner si le barreur ne nous gardait pas dans le lit d'un vent capricieux. Les manœuvres étaient si épuisantes que les deux hommes à la barre double devaient être relayés toutes les heures. Une autre équipe s'activait à la pompe de cale pour éliminer l'eau embarquée à chaque déferlante et à cause d'un bordé disjoint que notre charpentier n'avait réussi à colmater qu'à demi, malgré de longs efforts.

Chaque fois que le vent semblait faiblir, c'était pour mieux redoubler de puissance dans les heures qui suivaient. Pendant douze jours, nous ne pûmes calculer une méridienne faute de soleil. Mon estime nous situait au sud-est de manille, celle du capitaine beaucoup plus au sud, à quelques dizaines de miles de la Nouvelle Hollande. Je lui objectai que s'il avait eu raison on aurait dû apercevoir un de ces nombreux récifs qui parsèment ces régions et qui causèrent la perte de tant de navires. J'admis cependant avec lui que la visibilité pendant ces jours de tempête n'avait parfois pas même permis de distinguer notre bout-dehors. De Wilde fit établir clinfoc et artimon arisés et mit cap au nord, non sans envoyer un gabier tiré au sort dans la hune de misaine. Le vent avait un peu faibli, mais la houle restait énorme.

La lumière crépusculaire même en plein midi rendait notre progression inquiétante. Nous avancions à trop vive allure pour envoyer une ligne de sonde et nous nous attendions à chaque instant à heurter un haut fond. Au quinzième jour, nous vîmes une dizaine d'oiseaux marins d'une espèce qui m'était inconnue. Nous redoublâmes d'attention, même si nous savions que certaines races comme les frégates peuvent se rencontrer à des centaines de miles des côtes. Cette veille épuisante dura encore cinq jours et surtout cinq nuits.

Le gabier de garde hurla « Terre ! » un matin. Aussitôt le capitaine éructa un ordre qui fut couvert par l'horrible raclement de la coque que j'avais hélas appris à connaître. Le navire butta contre une petite falaise de corail, pivota, repoussé par le ressac il finit par s'immobiliser presque droit sur sa quille si près de la côte que nous pûmes envoyer une équipe de marin à l'assaut de l'escarpement et expédier une dizaine de chaînes et aussières à terre.

… Fragment de page moisie.

Le bateau était immobilisé au moins pour un moment et nous débarquâmes tout ce que nous pouvions transporter : de la nourriture, riz, blé, biscuits, viande séchée et même une dizaine de poules que nous n'avions pas mangées, mais surtout cordages, voiles, outils de charpentier, hameçons, fusils, mousquets, poires à poudre et cendrée, épées et vêtements, des voiles et du fil à voile. Nous découvrîmes aussi, devrais-je dire hélas, deux pleins barils de rhum, boisson capable de déchagriner tout autant que d'embrunir une assemblée d'hommes.

Le transbordement périlleux dura toute la matinée. Dans l'après-midi, nous entreprîmes de débroussailler un acre d'épineux et de construire une barrière de fortune dans l'ignorance où nous étions s'il existait des bêtes dévorantes sur cette terre. Au soir, la plupart d'entre nous sombrèrent dans un sommeil profond malgré le froid, la pluie et l'inconfort du sol de corail. Au matin, la pluie cessa enfin, le vent chassa les derniers nuages noirs et un soleil ardent éclaira notre prison. Car il s'agissait bien d'une prison : le mousse Bruno qui escalada un des grands cocotiers nous le confirma, nous n'étions pas sur un continent, mais sur une très petite île. Le capitaine décida de l'appeler Redding Eiland.

Le vaisseau s'était fixé dans une gangue de calcaire, la poupe à demi submergée, la proue presque à la verticale. Une équipe se chargea de continuer à transborder tout ce qui pouvait nous être utile sur notre refuge, une autre, armée de fusils et d'épées, de visiter les lieux. Je restai avec le capitaine et notre charpentier dans notre campement pour l'améliorer et le sécuriser.

Nos explorateurs revinrent au bout de quelques heures. L'île était bien une très petite galette de corail, hérissée de cocotiers. Les seuls êtres vivants, en dehors des insectes, étaient des oiseaux de mer qui nichaient dans des anfractuosités de roches, des chauves-souris et des sortes d'énormes pagures sans coquille dont la chair s'avéra délicieuse. Aucune source sur ce petit bout de terre isolé, mais quelques trous remplis d'une eau douce limpide.

Toute cette activité de survie avait le mérite de nous détourner de notre misérable situation : nous étions dix-neuf naufragés sur une minuscule terre déserte et stérile, dans un endroit inconnu. Nous pûmes sauver un sextant et une boussole, mais les cartes avaient été réduites en charpie. En une journée, nous construisîmes un cantonnement fait d'une cambuse, d'un fourneau et diverses marmites, d'un dortoir avec des matelas de palmes de cocotiers et des feuillées.

Nous continuâmes d'explorer le moindre recoin de ce grain de sable au milieu de l'océan et de scruter naïvement l'horizon alentour, comme si nous pouvions espérer voir apparaître une voile dans cette immensité déserte.

Quand le temps, cependant, se fut enfin éclairci, nous devinâmes une bande de terre située à quelques miles dans notre ouest. Il s'agissait peut-être d'un continent ou au minimum d'une île plus considérable que notre îlot déshérité.

Nous nous consacrâmes pendant plusieurs jours à la réfection de la chaloupe restée sur notre malheureux navire. Jos, notre charpentier, ne pouvait y travailler qu'en période de marée basse où le bateau restait immobile. À marée haute, les vagues ébranlaient si fort la structure que le travail et même la station debout étaient impossibles. Les réparations durèrent trente-deux jours pendant lesquels le capitaine eut bien du mal à pacifier les nombreux conflits parmi les matelots. Une bagarre entre le clan des Javanais et celui des Indiens à propos de tabac causa même la mort du bosco qui avait voulu s'interposer. L'aristocratique capitaine qui tenait tant au respect de la hiérarchie et imposait une ségrégation stricte dans l'équipage, en particulier entre matelots et officiers, avait le plus grand mal à faire respecter ses ordres à terre, en l'occurrence sur une terre sauvage et inconnue. L'autorité d'un capitaine repose finalement sur le fait d'être le seul, avec un ou deux officiers, à connaître cartes et instruments et à pouvoir fixer la route à suivre. À terre, qui plus est dans ces conditions de survie et d'anomie, d'autres que lui commencèrent dès les premiers jours à prendre l'ascendant.

La chaloupe fut enfin mise à l'eau à grand-peine à l'aide de palans gréés sur la bôme de misaine. Il fallut alors décider qui d'entre nous irait explorer la terre inconnue que nous devinions au loin quand le temps était clair.

Plusieurs refusèrent avec véhémence par peur des cannibales, car nous étions, d'après notre estime, sur cette terre océanienne de si sinistre réputation. D'autres par contre, craignaient, je crois, de se retrouver minoritaires parmi un clan de marins ennemis. Un jeune malais qu'on appelait Nour était resté prostré depuis notre naufrage. Il déclara qu'il ne remettrait plus de sa vie le pied sur un bateau et qu'il voulait finir ses jours sur cet îlot.

Une nouvelle terre

Je me portai volontaire avec le jeune mousse Mourdi pour qui j'étais comme un grand frère, quoique nous eussions presque le même âge. Nous embarquâmes donc tous deux avec armes, outils, nourriture et couchages. Le capitaine me confia sa précieuse lunette de cuivre. Il fut décidé que les seize hommes restants continueraient à débarquer tout ce qu'il était encore possible de sauver avant que le *Haarlem* ne se désagrège complètement sous l'effet d'une autre tempête.

Pour le moment, le temps s'était remis au beau et nous bénéficiâmes d'un vent portant de sud-est. À mi-journée, nous découvrîmes des falaises abruptes bordées de récifs. Au-delà de la barrière grise de calcaire, qui m'évoquait la côte de ma Normandie natale en moins considérable, aucun relief ne semblait se détacher.

Nous décidâmes de longer la côte par le sud en espérant découvrir un endroit abordable, voire un estuaire. Alors que nous désespérions, tant cette île paraissait une forteresse imprenable, la côte se fit enfin plus hospitalière et nous aperçûmes une très petite plage de sable blanc. Le lagon d'un quart de mile environ était défendu par une barrière de corail menaçante, mais heureusement percée par une passe praticable pour notre faible calaison. Nous la franchîmes sans embarras à la rame, malgré le soleil couchant éblouissant.

Nous décidâmes de passer la nuit dans la chaloupe par un fond sableux de trente pieds.

Nous avions convenu d'un tour de veille, mais le soleil nous réveilla de notre sommeil profond, car Mourdi s'était endormi pendant son quart.

Le soleil levant blanchissait la muraille déchiquetée de la falaise : cette terre, dont nous devinions la luxuriance perchée, était un véritable bastion. Après être venus à bout de ses douves, nous étions devant ses fortifications de calcaire. Plus au nord, cependant, en longeant l'étroite bande de corail mort, nous découvrîmes une petite crique devant une grotte pouvant faire un abri facile à protéger. Nous passâmes une semaine entière à construire un muret solide devant notre maison troglodyte, nous nourrissant de nos provisions de viande séchée, de biscuits et de petits poissons que nous capturions dans les trous d'eau à marée basse.

Ces premiers aménagements terminés nous pûmes commencer d'explorer cette terra incognita.

Il fallut d'abord escalader une sorte de courtine entre deux remparts qui semblait défendre le plateau calcaire. Une zone d'éboulis à demi colonisée par la vivace et tentaculaire végétation tropicale nous y aida.

Jour après jour, nous dégageâmes un sentier abrupt pour accéder à la jungle qui surplombait la falaise, pour acheminer le bois dont je prévoyais que nous aurions besoin et transporter le gibier et les plantes que j'espérais découvrir. Notre progression était pénible et lente dans cette brousse rendue presque inextricable par le filet des lianes, les pièges des racines, les barrages d'énormes troncs d'arbres vaincus par les termites.

Nous ne vîmes aucune bête dangereuse, ne rencontrâmes nulle trace d'installation, ni n'entendîmes aucun bruit d'activité humaine.

Cette terre était peuplée de très nombreux volatiles inconnus, de chauve-souris et de troupeaux de chèvres. La présence de ces dernières me sembla de bon augure, car d'où auraient pu venir ces animaux, si ce n'est apportés par des navires ou échappés d'élevages ? Nous tuâmes deux gros oiseaux ressemblant à nos pigeons en plus colorés et qui avaient une chair excellente. Nous ne trouvâmes pas la moindre rivière et nous nous abreuvâmes grâce au jus des noix de coco qui se trouvaient en abondance le long de la côte. Enfin, nous découvrîmes, assez loin de notre campement, un trou profond dans la roche calcaire empli d'une eau très pure qu'il fut facile de puiser avec une noix de coco au bout d'une liane tressée.

Nous passâmes encore un mois dans nos explorations, mais sans nous éloigner de plus d'une journée ou deux de notre « maison », car dans la crainte des fauves qui sortent, on le sait, surtout la nuit, nous interrompions notre marche bien avant la tombée du jour, et Mourdi nous construisait un ajoupa solide sinon confortable. Mais souvent, à couvert, nous étions surpris par la nuit tropicale et dormions dans les branches des arbres au risque de tomber au cours de notre sommeil. C'est d'ailleurs ce qui arriva une nuit où je fus réveillé par un cri. Je tâtonnai dans la sorte de couchage de branchages que nous avions construit pour y dormir à l'abri. Mourdi était tombé de notre nid et geignait trois mètres plus bas, incapable de se mettre debout. Je dus lui confectionner une attelle et des canes à potence avec lesquelles il dut boitiller pendant quelque temps.

Plus le temps passait, plus nous nous convainquions que ce lieu était inhabité et sans animal dangereux. Était-ce une île ou un continent? S'il s'agissait d'une île, d'où venaient ces chèvres? N'avions-nous pas découvert ce fameux continent austral recherché par plusieurs expéditions du passé? me demandais-je parfois dans mes rêveries. Il fallait explorer cette terre plus avant. Pour cela, il était temps d'aller chercher les hommes restés à l'étroit sur leur caillou. Mais, alors que chaque soir nous convenions de prendre la mer, chaque matin, Mourdi trouvait un prétexte pour ajourner notre départ. Je compris qu'il craignait nos compagnons plus encore que des cannibales hypothétiques.

Mourdi était un Cafre, esclave libéré qui s'était embarqué après un an de vagabondage à Bourbon. Déjà souffre-douleur de l'équipage, sa situation avait empiré après la disparition des gabiers, comme si on lui avait reproché de n'être pas mort à leur place.

Il m'avait raconté, au long de nos explorations, dans un sabir fait de portugais, d'anglais de français et de créole de Bourbon, quelques-uns des mille et un malheur de sa courte vie ; il revenait encore et encore sur son affranchissement : compagnon de jeu et souvent bouc émissaire et martyr de la fille de son propriétaire, on l'avait séparé de la jeune fille à l'adolescence. Mais cette dernière avait obtenu de son père veuf, à force de câlineries, qu'il fût affranchi.

On lui proposa de rester comme travailleur libre dans les champs de café, mais il avait soif d'une vie *réellement* différente, non celle de ses parents qui eux, demeuraient esclaves et continuaient sans doute, vieillards de quarante ans, à s'user dans la caféraie. Il avait ensuite erré pendant près d'un an sur l'île Bourbon, vivant de rares travaux et souvent de larcins, battu plus qu'à son tour, chassé de partout. Il avait finalement trouvé un embarquement en prétendant qu'il avait les seize ans requis, sans vraiment pouvoir le prouver. Le *Haarlem* était son deuxième bateau.

C'était devenu un ami cher, bien qu'il continuât à me donner du « Monsieur Robin ». Mais quoi ? Je l'avais providentiellement tiré des mains cogneuses de ses camarades et c'était maintenant pour le replonger dans l'enfer ? Il aurait volontiers laissé tous ces diables d'hommes à leur sort et serait bien resté seul avec moi qu'il révérait comme le Bon Dieu bien que nous eussions le même âge. Son unique ami avait été le chien bâtard du bord qu'il tentait de soustraire à la cruauté des matelots. Il l'avait nommé Bourbon, et on l'entendait souvent l'appeler dans tous les recoins du navire, car plusieurs fois, ses persécuteurs lui avaient fait croire qu'ils l'avaient jeté par-dessus bord.

Il resta inflexible. J'avais beau lui décrire le sort certainement misérable de nos compagnons, lui faire valoir que nous serions plus fort avec eux, rien n'y fit et il refusa mordicus de monter dans la chaloupe.

Un matin je me décidai à partir seul. Après mille recommandations, je lui confiai la garde de notre petit campement et franchis à nouveau la passe, plus aisément cette fois-ci, car j'avais pris soin de repérer et baliser les esquifs.

Le trajet me prit deux jours, par vent contraire et mer calme. J'arrivai à la nuit. En me rapprochant de *Redding Eiland,* je ne vis aucun signe de présence humaine, ce qui ne laissa pas de m'inquiéter, car enfin, ces hommes piégés en pleine mer auraient dû se relayer pour guetter l'horizon à l'affût d'une voile, la mienne ou celle, miraculeuse, d'un autre bâtiment croisant dans les parages. Mais je ne vis pas même la lumière d'un feu. Circonspect, je décidai de n'atterrir qu'au jour et me mis à la cape pour la nuit. Au matin, je m'approchai à la rame du *Haarlem* et réussi à m'amarrer à couple de l'épave. Je m'attendais à des acclamations de bienvenue, mais ne vis personne. Je constatai que les restes de notre navire avaient été partiellement dépouillés : il n'y avait plus de voile, beaucoup d'accastillage avait disparu. Le pont de singe que nous avions installé le premier jour était toujours là, je l'escaladai le cœur battant.

Pendant mon retour solitaire vers l'îlot, j'avais eu toutes sortes de fantaisies : mes camarades querelleurs avaient vidé les barils de rhum et s'étaient entretués, j'en étais sûr. Puis dans l'heure d'après, je reprenais confiance : un miracle s'était produit, ils avaient été sauvegardés par un navire de passage et ils s'étaient résolus à nous laisser sur la grande terre que nous avions commencé à explorer. Mais alors, le doute me rongeait à nouveau : ne nous voyant pas revenir, n'avaient-ils pas construit un radeau pour venir à notre rencontre ? N'avaient-ils pas déjà débarqué sur un autre point de la côte ?

J'étais loin d'avoir imaginé le spectacle qui m'attendait : la petite île était devenue uniformément noire. Un noir de suie, un noir de mort. Çà et là des squelettes de cocotier perçaient la croûte charbonneuse encore fumante par place. J'examinai chaque pouce de la petite île, mais ne trouvai aucun indice pouvant expliquer ce désastre. Je mis de côté quelques pièces, surtout de métal, que je dégageai des cendres et qui pouvaient m'être utiles dans l'avenir : des lames de couteaux et des fers de hache dont les manches avaient brûlé, une lame de scie, une marmite noircie, une vis de tarière, des clous, une pierre de meule et des aiguilles. Dans l'infirmerie du bateau je découvris, intacts, le coffre d'instrument de mon ami le chirurgien et tout un assortiment de boîtes et de flacons. Je complétai ce chargement hétéroclite par quelques planches prélevées à partir des bordés du *Haarlem*. Je dénichai aussi à bord, un reste de filasse, un ciseau à calfat et un baril de brai bitumeux, un sac de blé et un sac de maïs destinés à nos poules. À ma grande déception, je ne localisai pas la caisse à outils de notre charpentier. Dans la cabine du capitaine, je trouvai quelques dizaines de pièces d'or dont je doutais qu'elles me servissent un jour, mais qui rejoignirent les louis de ma mère et les florins de ma vente de vin. J'emportai aussi l'uniforme d'apparat rouge à passement bleu du capitaine. Je gardai précieusement un couteau et une vieille bible.

Quel avait été le sort des seize hommes ? Le saurais-je jamais ?

… Suit une page rendue illisible par la moisissure.

Solitaire

J'eus de sombres pensées pendant la journée du retour ; j'avais perdu mes compagnons, et nous devions désormais organiser notre survie à deux. Je ne savais pas encore que la destinée allait m'accabler davantage. Quand je franchis à nouveau la passe avec le flot, j'étais pourtant quelque peu rasséréné : mon cher Mourdi attendait certainement sur la plage, peut-être m'avait-il aperçu au loin, n'avait-il pas chassé et cuisiné des oiseaux pour m'accueillir ? Mais personne ne me fit signe tandis que j'ancrai la chaloupe. Je trouvai notre caverne silencieuse, rangée, mais déserte. Aucun de nos outils ni aucune nourriture n'avaient disparu, le foyer était froid. Le mousse pusillanime était-il tapi aux alentours ? Je l'appelai une partie de la nuit sans succès, sacrifiant même quelques précieuses cartouches pour l'alerter.

Les trois jours suivants, je fouillai les refuges que nous avions aménagés, refis les chemins que nous avions l'habitude de fréquenter ensemble. Puis j'explorai d'autres pistes, traquant les branches cassées, les traces d'un couchage, de cailloux de Petit Poucet, d'un fragment d'étoffe, de vestiges de foyer. Périodiquement, j'interrompais ma progression pénible dans la jungle pour crier son nom.

J'abandonnai mes recherches au retour d'une quatrième expédition, sanguinolent et épuisé. D'une nature optimiste, je n'avais, depuis plus de quatre années riches en malheurs, jamais douté de ma bonne étoile. Mais cette fois-ci, ma situation m'apparut si désespérée que je parcourus pendant des heures la plage en pleurant et en me lamentant. Nous étions le vendredi neuf février, mon jour anniversaire. J'avais vingt ans, seul sur une terre à l'écart des routes maritimes, avec peu d'espoir de revoir les miens ni même un autre être humain. Je m'allongeai alors sur la grève en gémissant comme un enfant, sans honte pour ma faiblesse que personne ne pouvait voir. Je m'endormis à même le sable, les bêtes sauvages ne me faisaient plus peur, je pouvais bien mourir tout de suite, peu m'importait.

Au matin la mer était lisse, encore scintillante du reflet des étoiles palissant au levant.

Un soleil glorieux rougit l'horizon, sécha la rosée, délassa mes membres engourdis. Après tout, j'étais jeune et en bonne santé, sous une latitude chaude, environné d'une nature généreuse et inoffensive. Je pensai à nouveau à mes compagnons, ils avaient sans doute eu moins de chance que moi.

Je me déshabillai alors pour prendre un bain dans l'eau tiède, gardant mon haut-de-chausse par une habitude de pudeur dont je me mis à rire tout haut : qu'avais-je à faire de la pudeur ? Je me mis entièrement nu et passai de longues heures à barboter et à me rouler dans le sable.

J'étais vivant et, malgré mes terribles aventures, n'avais subi aucune blessure. J'étais jeune et vigoureux, j'avais sauvé les objets indispensables à ma survie. J'avais une chaloupe remise en état et sans doute capable de m'embarquer vers un endroit habité par mes semblables.

Je mis à jour les hoches en retard sur le tronc pelé du grand badamier qui me servait de calendrier et pris quelques heures pour sculpter une enseigne : « Baie Robin ».

De retour dans mon royaume je fouillai dans mon coffre au trésor où j'avais entassé mes biens les plus précieux, y dégageai la redingote écarlate de De Wilde, trop grande pour moi, et m'en vêtis. J'avais négligé, sur l'épave du *Haarlem*, la culotte et les bas, si bien que j'enfilai mes vieux hauts de chausses éculés. Je n'avais hélas personne pour se moquer de cet accoutrement disparate et pas même un miroir pour juger de l'effet que je pourrais produire à quelque improbable visiteur. À chaque grande occasion, chasse ou pêche fructueuse, fête du calendrier, je m'en revêtis par la suite.

Je décidai de me cuisiner un repas extraordinaire de crabes de terre et de pigeons, avec pour seul convive une perruche locale qui était devenue rapidement ma familière au point de se percher sans crainte sur mon épaule lors de mes promenades et qui m'avait fait fête bruyamment à mon retour. Je l'avais appelée Maria-Dolorès en souvenir de mon amante brésilienne.

Personne n'était là pour me traiter de fol, et je pris l'habitude par la suite de me parler à moi-même en me dédoublant. J'avais mis deux couverts et les deux assiettes en bois de sapin que nous avions creusées et sculptées de nos noms dans les premiers jours avec Mourdi. Tandis que je mangeais alternativement d'un côté puis de l'autre de la table tout en jouant le rôle de mon ami fantomatique, une inquiétude me saisit : je n'avais pas vérifié le petit réduit soigneusement dissimulé derrière un rideau de verdure et un monceau de pierres que j'avais aménagé dans un recoin de ma grotte et que j'avais pompeusement baptisé ma « Sainte Barbe ».

Sitôt écarté l'entrelacs végétal, je vis que les pierres avaient été déplacées. À l'intérieur, j'éclairai les canons luisants des trois fusils à silex, mais une place restait vide dans le râtelier éclairé par la lumière tremblante de ma lampe à huile. Il manquait le tromblon de Mourdi. Un des tonnelets était ouvert et mes réserves de poudre et de grenaille étaient entamées. Qui avait pu commettre ce larcin ? Un animal n'aurait pas soulevé les couvercles ni attrapé le fusil au râtelier ! Un habitant de ce pays dont n'aurions pas encore détecté la présence serait-il entré sans laisser de traces ? Non ! Il ne pouvait s'agir que de mon ami, parti en exploration, peut-être perdu dans la forêt comme nous avions failli l'être plusieurs fois.

Soudain, je m'avisai d'une autre disparition qui ne m'avait pas frappée au premier regard : au pied du râtelier, un carré plus clair se détachait sur le sol empoussiéré. Il manquait le petit coffre ou j'avais muché les pièces d'or de ma mère. Le voleur ne pouvait être que le naïf Mourdi : que pouvait-il faire de pièces d'or sur une île sans doute déserte ? Mais il est vrai que moi-même je m'étais refusé par superstition à les jeter.

Je refermai soigneusement les couvercles de mes caques, les sertis à nouveau avec du suif et dissimulai l'ouverture de mon armurerie en y ajoutant des épineux. Par la suite il me faudrait découvrir et aménager une cachette plus sûre dans cette grotte aux ramifications labyrinthiques.

Je passai la journée suivante à rêver et à faire des projets d'avenir. D'après la hauteur du soleil en février et mon estime pondérée par celle du capitaine qui nous avait situés beaucoup plus au sud, nous étions autour de 20° de latitude sud. En naviguant au nord-ouest, je pouvais atteindre la Nouvelle Hollande ou la Nouvelle Guinée. Malheureusement, je n'avais pas réussi à mettre la main sur le sextant, les éphémérides et les cartes du bord. J'espérais qu'ils étaient sains et saufs, quelque part avec leur propriétaire. Par contre, j'avais toujours, en plus du compas de la chaloupe, une petite boussole du magasin paternel qui n'avait pas trop souffert et que je gardais en pendentif, comme lien avec mon enfance et presque comme un talisman, comme les nègres d'Afrique.

Il me fallait préparer la chaloupe pour un long voyage solitaire, renforcer les réparations du charpentier, rassembler eau et provisions, et attendre les mois d'hiver austral où j'étais quasi certain de ne pas avoir de tempête.

Mais avant de réaliser l'avenir lointain de mon évasion, ma survie étant assurée, il fallait organiser mon confort. J'entrepris de rendre mon habitation agréable et sûre. Je rangeai tous les outils que j'avais encore dans mon embarcation et construisis des coffres pour les mettre à l'abri. Mon premier ouvrage fut de confectionner trois caisses à eau, deux pour la « maison » et une pour le bateau en prévision de mon départ. Je me félicitai d'avoir joué les arpètes du charpentier sur le *Ville du Havre* et d'avoir pu récupérer quelques outils du *Haarlem*. Mes caisses étaient étanches, ma chaloupe le serait aussi en son temps.

Il y avait, dans ma caverne, une grosse stalactite ; de l'eau en dégouttait rendant le sol humide et glissant. Avec Mourdi, j'avais repéré une belle bambouseraie. Je passai deux jours à couper plusieurs troncs que je traînai à grand-peine sous mon refuge. J'eus, à partir de ce jour, une réserve d'eau douce à portée et un logis sec. J'utilisai aussi par la suite ce précieux végétal pour fabriquer une table et une chaise plus raffinées.

J'avais une bonne quantité de biscuits, de viande séchée, de saindoux, mais qui viendrait un jour à s'épuiser, il me fallait renouveler mes provisions pour ma vie sur terre et pour ma future évasion. J'entrepris de débroussailler quelques acres et de semer le blé et maïs retrouvés dans la cambuse du *Haarlem*, mais les graines étaient aussitôt pillées par les oiseaux. Il me fallut d'abord fabriquer des filets de protection avec de vieux cordages et une plante locale épineuse. J'eus quelques jours plus tard la grande joie de voir de petites pousses vertes de maïs pointer au-dessus de mon carré, mais les graines de blé avaient sans doute été gâtées par l'eau salée.

Bien qu'ayant maintes fois observé les pêcheurs de Dieppe ravauder sur le port, la fabrication de mes filets me prit un mois. Je confectionnai d'abord une sorte de navette et réussis si bien que j'en conçus un modèle plus robuste pour la pêche. J'avais découvert une petite crique où j'apprenais en autodidacte à nager. Elle était, à marée haute, grouillante de vie. J'en fermai, avec mon filet, le petit goulet qui la faisait communiquer avec le lagon, ce qui me permit d'avoir régulièrement des petits poissons colorés délicieux dont je mis une partie à sécher.

Ma poudre rescapée faisait l'objet de toutes mes précautions ; j'avais eu la déconvenue, en ouvrant l'un des deux tonnelets récupérés sur l'épave, de constater qu'elle avait été gâtée par l'humidité. Aussi, je prenais grand soin de ma réserve encore diminuée par le vol de Mourdi. J'en gardais une partie pour ma sécurité, une autre pour la chasse que j'utilisais avec parcimonie.

Après l'agriculture qui, passés mes premiers tâtonnements, me donnait grand espoir, je pensai à l'élevage des chèvres pour la viande et, pourquoi pas, pour le lait. J'entrepris de construire une barrière dans une clairière où nous avions vu de nombreux animaux avec Mourdi. J'y pratiquai une ouverture en entonnoir et réussis à y empiéger quelques bêtes appâtées par des plantes dont elles étaient friandes ou par de l'eau en période sèche. Elles me procurèrent une provision de viande et un cuir acceptable pour la fabrication de brodequins, bien utiles pour mes explorations à l'intérieur des terres.

Je découvris un jour, par hasard, une autre source de nourriture : alors que je me promenais sur *ma* plage dont j'avais fini par connaître tous les recoins, je fus intrigué par une surface de sable qui avait été comme labourée ; des traces en partaient en direction de la mer. Mon cœur se mit à battre plus vite : une embarcation n'avait-elle pas atterri pendant la nuit à cet endroit ? Tandis que je m'étais assis pour scruter l'horizon, je creusai machinalement dans le sable. Mes doigts rencontrèrent un contact dur et lisse : c'étaient des œufs de tortue. J'en fis une omelette presque aussi bonne que celle de ma grand-mère. Je pensai à ma famille et la nostalgie me fit monter les larmes aux yeux.

Un jour que j'étais parti faire provision de bambou, je tombai sur plusieurs arbres d'un vert sombre couvert d'une multitude de fruits de la même couleur que nos oranges, mais plus petits.

J'en éprouvai une petite portion : le goût en était sucré avec un cœur plus acide qu'un citron. Je n'eus aucun dérangement par la suite, ainsi en cueillis-je une grande quantité. Je découvris aussi une sorte de raisin sauvage que je réussis à passeriller et qui me procura un dessert agréable. Je trouvai enfin une sorte de fruit vert grenu de la taille d'une noix de coco qui, une fois cuit, avait un goût de pomme de terre, mais qui se conservait fort mal.

La forêt abritait également une grande quantité de santal dont les Chinois sont si friands. Je me surpris à rêver et faire des projets : m'évader de cette île et y revenir un jour pour y exploiter le bois précieux.

Mais bientôt la mélancolie me reprenait : mon destin n'était-il pas de finir mes jours solitaire, libre dans ma prison entourée de sa forteresse liquide ?

... feuillet noirci illisible... un portrait d'un jeune noir (Mourdi ?) et une carte schématique d'une portion de côte découpée en trait plein et poursuivi par des pointillés et, au centre, un grand point d'interrogation.

Pour lutter contre le découragement et les idées noires qui continuaient à traverser mon cerveau d'ermite, je m'abrutissais de travail, m'imposant une discipline monastique rythmée par les heures pointées par le cadran solaire que j'avais artistiquement gravé sur une dalle de calcaire. Je suivais scrupuleusement une routine stricte que j'agrémentais de moments programmés : les dimanches, bien sûr, où je me forçais au repos et où je puisais dans ma petite réserve de rhum, mais aussi toutes les autres fêtes de la liturgie chrétienne que j'avais computées, quelques anniversaires personnels et toutes les occasions où j'avais remporté une victoire sur l'adversité, réussi à domestiquer la rude nature de mon domaine, ou survécu à une période éprouvante de mauvais temps.

J'avais cependant des moments terribles d'abattement où je dérogeais à ma règle. Incapable de continuer mes travaux, j'escaladais mon chemin abrupt creusé dans la falaise, m'asseyais au creux d'une sorte de niche dans le rocher que j'avais capitonné de paille. Je scrutais pendant de longues heures l'horizon bordé de cumulus cotonneux, à l'affût du point blanc d'une voile. Les yeux brûlés par les reflets du soleil, je finissais par en voir ! Je fermais alors fortement mes paupières… quand je les rouvrais, le bateau avait disparu.

Par beau temps, surtout pendant la saison froide, la vue s'étendait à des dizaines de miles. Pendant les premières minutes, je me refusais par superstition à tourner la tête vers la gauche. C'est seulement quand je me sentais prêt à affronter la réalité que je fixais l'ombre déjà verdissante de *Redding Eiland,* espérant je ne sais quel miracle. Toujours déçu, j'imaginais diverses fantaisies, heureuses le plus souvent, où l'équipage du *Haarlem* avait été repéré et recueilli. Les recherches pour me retrouver étaient une question de jours… Je redescendais aux dernières lueurs du jour.

Je passai mon premier Noël en tête à tête avec Maria-Dolorès, dont je finis par me demander si ce n'était pas un oiseau mâle, n'ayant jamais pondu un seul œuf dans le nid que je lui avais aménagé.

Bavard impénitent, je pouvais jadis passer des nuits de discussion dans les tavernes enfumées jusqu'à l'enrouement, mais j'avais aussi développé quelques aptitudes à la rêverie solitaire, à sculpter des maquettes sous les établis ou à lire les philosophes. J'avais aimé les quarts ascétiques à la barre où mon imagination, poussée par l'alizé, s'envolait vent arrière vers des pays inouïs, mais c'était pour mieux me rassasier aux escales, de rencontres et de discussions chaotiques dans toutes les langues.

J'avais pris cette habitude extravagante d'inventer, de déclamer et de jouer des saynètes de théâtre, et même de descendre des petits tréteaux que je m'étais fabriqués pour m'applaudir moi-même. Le soir au coin du feu, je me racontais à haute voix, contes, romans d'aventure et d'amour.

C'est aussi à cette époque que je repris mon journal de bord commencé au Brésil, un compagnon qui ne me contredisait jamais et qui me rappelait que je faisais partie de la famille des animaux doués de parole. Je n'avais pu sauver que quelques feuillets dans une poche de ma vareuse, malgré le papier bitumé dont j'avais pris soin de l'envelopper. Manquaient mes précieuses leçons de navigation, mes éphémérides, mes copies de carte, mes relevés (peut-être utiles pour un géographe), et tant d'autres observations. Je regrettais aussi mes lexiques d'espagnol, d'anglais et de hollandais. Mais, aurais-je un jour l'occurrence d'utiliser tous ces mots que je ressassais dans ma tête?

La chaloupe

Deux ans avaient passé depuis mon dernier anniversaire, les hoches que je taillais chaque matin sur le badamier en témoignaient. J'avais gravé ma première marque en clair : vendredi dix février 1769. J'avais maintenant une installation confortable et sûre, ma première récolte de maïs m'avait permis, après bien des essais, de fabriquer mon levain et un pain excellent et roboratif. Mais je n'avais toujours pas entamé la réparation de ma chaloupe, remettant chaque jour mon travail au lendemain, tant j'anticipais la peine que cela me prendrait.

Chaque semaine, je devais vider l'eau qui s'infiltrait dans les fonds et encore plus souvent en cas de grosses pluies. Enfin, je résolus de préparer le plus soigneusement possible l'instrument de ma délivrance. Il me fallait abattre en carène en profitant de chaque marée basse, mais dans ce cas, je ne pouvais travailler que durant quelques heures sous ces latitudes à faible marnage. Il me fallait fabriquer des béquilles et attendre les marées d'équinoxe pour le mettre plus avant sur le sable. Là encore, comme pour l'infortuné Job, la destinée en décida autrement.

J'avais résolu de quitter quelques jours ma résidence au bord de l'eau pour me mettre en quête de bois. J'avais besoin d'un mat, d'une bôme, d'avirons de rechange, et de béquilles pour placer l'embarcation au sec. J'emportai ma hache, une scie, mon fidèle sabre et quelques provisions dans un havresac tressé et partis à la recherche d'un bois adapté à mon entreprise. Au-delà de la bambouseraie, la forêt devenait plus touffue. Je m'y enfonçai plus profondément sans toutefois m'éloigner trop, sachant qu'il me faudrait traîner seul mes espars. Je finis par découvrir une essence d'arbre si dure que j'en ébréchai quelque peu ma hache. Je l'écorçai et décidai de le sécher sur place, ce qui en rendrait le transport plus aisé. Je construisis une sorte de bâti, afin qu'il ne reposât pas directement sur le sol et ne fût gâté par les insectes. Tout ce travail me prit la journée et je fus surpris par la nuit. Aussi, je me résolus à dormir sur place et repris ma vieille pratique des premiers jours sur l'île : je trouvai un arbre qui me fit une couche sûre. Mais, vers le milieu de la nuit, la pluie se mit à tomber et ce que je pris d'abord pour un inconvénient passager se transforma bientôt en déluge. Le lendemain, je me réfugiai dans une excavation de rocher que je garnis de feuilles pour mon couchage et dont je bardai l'entrée. J'y restai toute la journée. Le troisième jour, la pluie se fit moins violente et je décidai de reprendre la route, mes provisions étant presque terminées. Le chemin de retour était si détrempé que je devais extirper mes brodequins de la glaise avec beaucoup de peine et un horrible bruit de succion et dus les rafistoler tant bien que mal à plusieurs reprises. Chaque pas était si pénible que ma progression était fort lente. Je passai une nouvelle nuit dans une sorte de palmier aux feuilles assez larges pour me protéger un peu de la pluie. Le lendemain, le ciel était bas et je ne pus compter sur le soleil pour m'orienter. L'aiguille aimantée de ma boussole avait sauté de son pivot et était inutilisable, et le chemin que j'espérais reconnaître grâce aux nombreuses branches que j'avais élaguées sur mon passage à l'aller était devenu méconnaissable avec la pluie. Je n'osai continuer plus loin, de peur de m'éloigner davantage de ma destination. Je passai ma journée à confectionner un abri de branchages plus efficace contre la pluie que contre d'hypothétiques bêtes sauvages. Je trouvai quelques baies comestibles qui calmèrent un peu ma faim, car mes provisions étaient épuisées.

Enfin, au matin du sixième jour, le ciel était comme lavé et je pus me diriger vers le sud à l'aide du soleil. J'arrivai à mon campement au soir et m'effondrai dans mon hamac sans même avoir la force de manger. Je passai la nuit à grelotter.

Lorsque je tentai de me lever dans l'après-midi, cela me déclencha de violents maux de tête et des quintes de toux qui semblaient vouloir me déchirer la poitrine. Je me traînai alors sur ma petite plage.

La chaloupe avait disparu.

Je longeai le rivage par deux fois, scrutai mon petit lagon et le récif dans tous leurs recoins. Avait-elle dérivé et franchi la passe ? Mes deux ancres à jas empennelées avaient pourtant fait leurs preuves jusqu'à présent, même par gros temps. Je me mis à l'eau malgré la fièvre et finis par repérer mon embarcation par cinq mètres de fond, toujours au bout de sa chaîne. Il avait plu pendant une semaine sans que je n'écopasse comme je le faisais régulièrement. Elle s'était remplie d'eau et avait coulé.

Je passai une nouvelle nuit de désespoir, et de délire. J'échafaudais mille stratagèmes chimériques pour remettre mon embarcation à flot, m'endormais en sueur, me réveillais en grelottant, envisageai de me laisser mourir. Oh, que je regrettais de ne point avoir de réconfort dans la religion comme mon frère !

Je restai prostré encore deux jours, ne me levant que pour remplir ma calebasse d'eau.

Ma faiblesse physique et morale était telle qu'oubliant mes chers philosophes, je me mis une fois à genoux comme un bigot et exhortai le ciel de faire apparaître une voile à l'horizon.

C'est la faim qui me sortit de ma torpeur. Je tenais à peine sur mes jambes, mais je n'avais plus de fièvre et, après avoir mangé un peu de pain de maïs trempé dans une tisane d'une sorte de verveine des Indes qui poussait abondamment autour de mon habitation, je me sentis tellement mieux que je recommençai à faire des projets d'avenir. Sauver seul ma chaloupe semblait illusoire. Elle avait coulé trop profondément et l'étiage était trop faible dans cette contrée pour que je puisse bénéficier des périodes de vive eau.

J'imaginai alors de construire un nouveau canot, mais avant de commencer cette entreprise qui me prendrait certainement une année ou deux, j'entrepris de visiter plus avant mon nouveau pays.

Depuis deux ans, six mois et trois jours passés dans mon petit royaume, je n'avais pas aperçu la moindre voile de vaisseau. Je n'avais jusqu'ici remarqué aucune trace de pas sur le sable, n'avais distingué aucune fumée dans le lointain, n'avais découvert aucun foyer ou construction, pas entendu le moindre écho de voix, attiré ou fait fuir un seul être humain avec mes coups de fusil. Bien que je n'eusse pas, loin de là, exploré toute l'étendue de mon domaine, qui semblait recouvert dans sa plus grande partie d'une forêt touffue et dont la côte présentait un relief acéré et souvent difficile, je supposais qu'il s'agissait d'une île non habitée, d'assez belle dimension, loin des routes maritimes et des expéditions des sauvages cannibales.

Je préparai mon exploration avec minutie : il me fallait emporter le minimum pour ma protection, ma survie et mon confort. Je fabriquai un havresac plus léger que la sorte de hotte qui me servait habituellement, je mis à passeriller une bonne quantité de mes « raisins », et préparai des pains de maïs et de la viande de chèvre séchée. Je plaçai aussi quelques fioles de Le Callonec que j'avais sauvées, contenant divers onguents utiles.

Plus embarrassants étaient mes fusils et ma réserve de poudre et de plomb, mais je ne m'en serais démuni à aucun prix. Je choisis le plus précis et dissimulai les deux autres plus soigneusement. Je pris aussi vingt onces de soufre qui pourraient me servir pour fabriquer ma propre poudre. Je décidai de longer la côte malgré les coraux blessants, et les longues marches sans ombre. J'avais pour cela renforcé mes brodequins par une semelle de trois épaisseurs de cuir de bouc et confectionné un parasol de voyage en pétiole de cocotier. Cet équipage ajouté à mes hauts-de-chausse et chemise en poil de chèvre, ma rouge jaquette de capitaine, mes cheveux et barbe jaunis, gardés longs pour me protéger des brûlures du soleil, me donnaient certainement une dégaine comique et un peu effrayante. Je ne disposais pas, à mon grand regret, pour le vérifier, de cet objet futile mais rassurant qu'est un miroir.

Enfin, après hésitation, j'emportai mon journal de bord et ma boîte à écriture, des objets encombrants, mais qui m'étaient devenus indispensables.

Mon pigeon m'accompagna toute la matinée, mais disparut dans l'après-midi après un dernier cercle d'adieu.

Ma progression le long des falaises était fatigante et parfois périlleuse, mais je pus parcourir cinq lieues par jour et même jusqu'à dix, quand la roche laissait place à de rares plages de sable ou dalles de corail polies par les flots. Je fus, une fois, obligé d'escalader la muraille calcaire faute d'un passage au sec.

Le sixième jour je reconnus les falaises que nous avions longées avec Mourdi et je fus, le lendemain soir, fort dépité de constater que cette forteresse rocheuse qui nous avait conduits à longer la côte vers le sud se prolongeait au nord par de longues plages d'un sable blond et fin qui auraient peut-être été plus propices à notre installation. J'avais ce jour-là profité d'un temps moins chaud que les jours précédents et m'étais déjà aventuré bien au-delà des régions côtières que je connaissais. Je pêchai quelques coquillages pour mon dîner que je fis griller dans la cendre, puis me pelotonnai, épuisé, dans une anfractuosité de rocher à la limite de la laisse de pleine mer.

La chaleur du soleil levant, le bruit du ressac, mais surtout une sourde inquiétude, un rêve peut-être, me réveillèrent.

La rencontre

Quand je me redressai, encore courbatu par ma longue marche de la veille et l'exiguïté de mon couchage, un spectacle terrifiant s'offrit à moi. Se détachant comme un jeu d'ombres sur le ciel rouge du matin, se tenaient immobiles, à croupetons, une douzaine de sauvages, velus, noirs et silencieux. Certains étaient équipés d'une lance, d'autres des massues terminées par un bec pointu. Tous étaient nus, hormis un fourreau qui leur ceignait le pénis, maintenu par une cordelette autour de la taille. Ils avaient tous moins de trente ans, excepté celui qui me faisait face et qui arborait une crinière blanche cerclée d'une couronne végétale. Je demeurai pétrifié de peur, redoutant que le moindre geste de ma part ne déclenchât leur assaut. J'imaginais, à voir leurs yeux brillants encavés dans de fortes arcades sourcilières, qu'ils anticipaient un repas dont le plat principal serait ma misérable personne.

J'avais comme toujours mon fusil chargé de mitraille à portée de main. Pouvais-je, si j'étais assez vif, en tuer un ou deux? La frayeur que ne manqueraient pas de susciter ces armes surnaturelles qui provoquaient la mort à distance dans un bruit de tonnerre ferait peut-être fuir les autres…

Nous restâmes immobiles et silencieux pendant un temps interminable et, alors que j'allai exécuter mon dessein guerrier, le vieux prit la parole. Sa voix était tantôt grave ou suraiguë, tour à tour douce et colérique. Il me désigna plusieurs fois de la main deux pirogues à balancier qu'ils avaient tirées sur le sable, puis fit un geste vers le nord. Il termina sa harangue en pointant vers moi un doigt maigre à l'ongle si long qu'il s'enroulait comme une coquille. J'avais gardé la main sur mon meilleur fusil, mais pendant tout le discours de celui qui semblait être le chef, j'avais repris mes esprits : ces sauvages m'avaient eu à leur merci pendant que je dormais et auraient pu m'assommer et me garrotter en attendant de me cuire et de me dévorer. Ils n'en avaient rien fait. Ainsi pris-je la parole à mon tour dans ma propre langue et avec les mêmes signes universels. Je me désignai puis indiquai l'horizon pour faire comprendre que j'étais moi-même venu par la mer et que mon bateau était au fond de l'eau.

Un jeune-homme se leva alors. Il prit une igname d'une espèce plus grosse que celles d'Afrique ou du Brésil, enveloppée dans une sparterie, et la déposa à mes pieds. Il sortit ensuite d'un sac en vannerie un collier de coquillages qu'il me plaça autour du cou. Je ne pus m'empêcher de frissonner quand je sentis la rêche cordelette contre ma peau. Pourtant, non seulement ces sauvages ne semblaient pas avoir l'intention de me manger, mais ils faisaient montre de toutes sortes de cérémonie à mon égard. Un peu honteux de mes jugements, je cherchai quelque objet à leur donner en réciprocité. J'optai pour mon sabre, qui m'était fort utile, mais qui pouvait l'être plus encore pour ces populations certainement ignorantes du fer. Le jeune homme fit lui aussi un discours, plus hésitant et moins long, puis alla déposer le sabre avec solennité devant le vieux. Le sauvage tourna et retourna l'arme avec curiosité, en éprouva le fil avec le pouce puis l'essaya contre des arbustes avec de grands moulinets et des cris aigus.

J'eus encore quelque alerte quand la troupe me conduisit vers une sorte de tumulus. Là, à l'aide de pieux et de tisonniers faits de nervures de palme de cocotier, les sauvages dégagèrent les pierres chauffées d'un four enterré. Apparut une boule végétale odorante qu'ils déposèrent sur le sable à l'aide d'un brancard. À mesure qu'ils dénouaient délicatement les feuilles de palme de ce qui était visiblement un plat cuit à l'étouffade, j'eus la crainte de découvrir un repas cannibale.

Une fort agréable odeur de poisson me détrompa. Ce repas allait être le plus délicieux qu'il m'avait été donné de manger.

Une nouvelle famille

J'eus pourtant dans les heures qui suivirent bien des alarmes. Ces sauvages s'étaient montrés pacifiques, mais n'était-ce pas là fourberie? N'étais-je pas pour eux qu'un garde-manger sur pied qu'on engraissait pour les périodes de disette? Les examens rapprochés et les palpations gênantes que certains me prodiguaient n'étaient-ils pas destinés à évaluer ma valeur bouchère?

Sevré pendant tant de temps du commerce de mes semblables — mais ceux-ci étaient-ils vraiment mes semblables? — je passais par des sentiments incohérents d'amour puis de répulsion, de confiance et de crainte, de la joie du contact à une nostalgie de ma terrible liberté.

Le repas fut un moment de grande félicité, je pourrais dire de griserie, même si nous ne bûmes que du jus de coco, et même s'il se passa en silence, mes hôtes ne s'interrompant que pour me jeter des regards à la dérobée. Ils avaient étalé nattes, assiettes et tranchoirs en nacre. Je pensai qu'ils avaient apporté ces ustensiles de leur village, mais non : je remarquai trois jeunes garçons assis à l'ombre qui effeuillaient des palmes et tressaient toute une batterie de cuisine avec une adresse fascinante. Je songeai avec dépit aux heures passées avec Mourdi à sculpter de grossières écuelles en bois et à tresser des tapis avec de vieux cordages qui se boursouflaient et moisissaient au bout de quelques semaines.

Nous ingurgitâmes une quantité énorme de poissons et de coquillages dont beaucoup m'étaient encore inconnus. Le repas terminé, les langues se délièrent et j'appris mon premier mot dans la langue locale. Ce fut le nom de ce pays ou de ce terrain de chasse : « Djèhou », qu'ils me répétèrent en faisant un arc de cercle avec les bras et en faisant couler une poignée de sable entre leurs doigts.

Les indigènes continuèrent à faire montre de la plus grande délicatesse et de la plus grande prévenance à mon égard, me traitant malgré, ou qui sait, à cause, de mon accoutrement, avec le respect ostentatoire qu'on a pour des hôtes de marque. Cette obséquiosité n'empêchait pas l'effronterie et, l'un après l'autre, ils se succédèrent à nouveau pour soupeser mes cheveux et ma barbe décolorés par le soleil et le sel, pour caresser et pincer ma peau rougie et pour soulever ma chemise. Je me laissais faire, tout concentré que j'étais à surveiller mon fusil que je gardais chargé près de moi. (Je réfléchis plus tard que mon arme, très longue, était bien inutile dans un combat rapproché et ne valait guère plus qu'un talisman.) Ils semblaient fort intrigués par mes vêtements et, parmi ceux-ci, par mon rouge habit de capitaine.

Pendant le repas, j'avais remarqué qu'on m'avait réservé les morceaux les plus appétissants; l'inquiétude m'avait alors repris : ce nourrissage n'était-il pas calculé pour disposer plus tard de ma chair replète qu'ils partageraient en famille ?

Pour l'instant, les sauvages, rassasiés, ne tardèrent pas à s'allonger à l'ombre, seuls ou en petits groupes. Il y eut quelques conversations à voix basse, quelques rires épars, puis tous semblèrent s'endormir. Mais quand je tentais de m'isoler discrètement, un jeune homme me suivit à distance et resta à croupetons à m'observer sans pudeur. Peut-être voulait-il vérifier que nous avions la même anatomie ? Mais quand je m'éloignai du campement, il me talonna à quelques dizaines de mètres. Je tentai de courir, il garda la même distance tout en donnant l'impression de préserver l'allure. Je me cachai dans l'anfractuosité d'un rocher, il m'attendit, adossé à un cocotier à quelques mètres. Je retournai alors sur mes pas et, feignant de découvrir mon surveillant, je lui fis un petit salut amical. Nous revînmes de conserve au campement.

Le jeune homme avait un corps d'athlète surmonté d'un visage d'enfant dont la barbe fournie paraissait postiche. Il se révéla plus tard comme un ange gardien attentif et, bientôt, un précepteur amical. Nous échangeâmes nos noms, le sien était Siko. Il semblait avoir été désigné par le groupe pour me servir de chaperon. Je finis par me résigner à ce compagnonnage forcé, puis, rapidement, à l'apprécier.

Le soleil avait baissé et les indigènes sortirent des broussailles un filet de bonne facture qu'ils entreprirent de déployer en arc de cercle devant la petite baie. Le haut était maintenu en surface par un chapelet de noix de coco, et le bas lesté par des fragments de roche percés. Un deuxième groupe, plus nombreux, s'aligna vers le large et convergea vers la senne en produisant des chants rythmés et en frappant la surface avec des palmes. Un troisième groupe enfilait les poissons piégés sur une longue cordelette. Les opérations se déroulaient sous le commandement du vieil indigène qui hurlait des ordres de sa voix aiguë. Comme je m'approchai des rabatteurs, Siko me fit comprendre que là n'était pas ma place et il m'entraîna sur le récif. Je réussis à décharger et à cacher tant bien que mal mon arme et le suivis.

Me pensant ignorant des dangers de la mer, il chassait loin de nous les petits serpents, me signalait les vives rouges aux piqûres cruelles, m'écartait des crevasses traîtresses. Il se fit un devoir de m'enseigner ses techniques de pêche à la foëne qu'il maniait avec une grande adresse. Il avait aussi une sorte de leurre en pierre polie, suspendu à une ficelle ressemblant à un rat, qu'il promenait devant les trous de corail et qui, immanquablement, attirait les poulpes. Il s'en saisissait sans craindre les ventouses et retournait la tête de l'animal comme un bas, ce qui neutralisait les tentacules qui devenaient flasques et inoffensifs. Je voulus lui montrer que quoiqu'autodidacte, je n'étais pas novice. Poussé par le besoin, j'avais acquis une certaine dextérité dans la pêche à pied. Je pris donc ma revanche en débusquant langoustes et cigales de mer que j'avais appris à saisir promptement sans être blessé par leurs épines.

La récolte fut abondante et les égards pour ma personne semblèrent redoubler. Le soir, autour du feu, j'eus droit à une cérémonie dont je fus le centre : on me coiffa de la même couronne odorante que celle du vieux, et plusieurs sauvages se succédèrent dans de longs discours, puis déposèrent nattes et paniers tressés devant moi.

Après chaque intervention, mon *parrain*, Siko, reprenait la harangue où je reconnaissais les mots employés par ses frères qu'il illustrait de gestes expressifs. Certains jeux de main, pantomimes et grimaces semblent être compris par tous les peuples, et nous avions, pendant cette journée, commencé à élaborer une sorte de code privé, fait de gestes et de mots dans sa langue et dans la mienne, qui devait rapidement s'enrichir. Je n'étais plus surpris par le ton véhément que j'avais pris pour de la colère et qui n'était que grandiloquence de tribun. Un des orateurs me plaça un collier de fleurs blanches autour du cou puis me serra longuement dans ses bras. Siko ajouta des gestes explicites en désignant les odorants filets de poisson mis à fumer, puis en me pointant du doigt. Je leur avais porté chance. Je me sentais de plus en plus en confiance. On ne mange pas un porte-bonheur !

Les jours suivants furent réglés par d'autres séances de pêches frénétiques et de longues périodes d'accablement méridien, par les repas joyeux et le repos de la nuit commencé sitôt le coucher du soleil et arrêté le lendemain, aux premiers chants d'oiseaux. Dans les longs moments de repos aux heures chaudes, je questionnais inlassablement Siko. Je consignais chaque mot nouveau et le notais sur mon petit journal.

Suivent quelques feuillets agglomérés par l'humidité dont seules la première et la dernière page sont lisibles. Il semble s'agir de lexiques où différentes langues sont mêlées.

Comme pour le cantonais et le guarani, aucun mot n'avait la moindre ressemblance avec notre langue. Alors que j'avais appris très vite à baragouiner la langue hollandaise et même un peu celle de Cap-Town, que les Brésiliens me prenaient pour un Espagnol (et les Espagnols pour un Brésilien), cette langue ne ressemblait à aucune autre.

J'appris aussi le nom de tous mes compagnons pêcheurs. Le vieux que j'avais désigné comme le chef s'appelait Nagèzè. Je m'avisai que Siko ne comprenait pas la relation entre les petits signes que je traçais sur mon livre de bord et les mots qu'il m'enseignait. J'entrepris alors de dessiner les pêcheurs au repos devant un lointain de cocotiers et le portrait de quelques-uns de ses compagnons sur un fond de collines. J'avais instauré, dans l'emploi du temps réglé de ma précédente vie, des heures d'entraînement au dessin et avais acquis, au fil du temps, un certain art, ou, devrais-je dire plus modestement, une certaine dextérité. Je présentai mes esquisses à Siko, quêtant son admiration. Perplexe, Siko considéra mon œuvre pendant quelques minutes, retourna mon journal dans tous les sens, me prit la plume des mains et entreprit de corriger ma version académique. Il dessina de petits dormeurs au pied d'immenses cocotiers, ajusta mes portraits en ajoutant un œil et une oreille aux profils.

La campagne de pêche dura un mois. Je me chargeais d'abord avec Siko du vidage, de l'écaillage, du saumurage et d'un début de séchage et de fumage du poisson.

Par deux fois, nous capturâmes des requins de cinq et six pieds, ce qui provoqua une grande effervescence parmi les pêcheurs. Je pensai qu'ils craignaient que ces vigoureux animaux n'endommageassent le filet, mais Siko me fit comprendre qu'ils considéraient ces poissons comme des sortes de divinités, et ils les dégagèrent avec délicatesse, au risque de se faire mordre.

Une fois, tandis que je tentais d'extraire une grosse langouste de sous un rocher, le filet où je gardais mes prises s'enroula autour de ma jambe et d'un bloc de corail en un nœud inextricable que je resserrais à chaque effort pour m'en libérer. Alors que l'air me manquait et que l'affolement me gagnait, je sentis le lien se relâcher brusquement et, à demi inconscient, je vis un bras noir vigoureux me tirer vers le haut. Mon ange gardien Siko creva la surface dans un formidable éclat de rire.

J'abandonnais progressivement ma défiance à mesure que les indigènes ne me traitaient plus comme un dieu blanc sorti des eaux, mais comme un équipier. Au bout de quelques jours, je fus admis dans le groupe des rabatteurs. La rude autorité du vieux chef ne m'épargnait plus pendant les opérations de pêche les plus délicates. Je me faisais rabrouer à l'occasion et reçus même quelques bourrades quand je me montrais maladroit ou trop lent. Je ne savais plus, quand j'étais écarté, si c'était pour me ménager ou pour éviter que ne je fasse une fausse manœuvre qui aurait pu compromettre un beau coup de filet.

Je compris en tous cas que j'étais admis.

Le village

Un jour, Siko m'apprit deux nouvelles expressions qu'il allait prononcer plusieurs fois par jour, avec une excitation et une occurrence croissante : « élagne nalapa », « élagné macagne » : demain, demain matin. Nous étions restés au campement pendant une lune et nous allions revenir dans son village situé à deux ou trois révolutions solaires de là.

J'avais appris facilement les nombres qui se déclinaient sur un système à base cinq et vingt. Les petites distances étaient mesurées, comme celles de tous les peuples, en pied, pouces, brasses, pas, avec les mêmes approximations qui prévalent dans nos pays entre Londres, Paris et Bordeaux.

La dernière nuit fut consacrée à la musique et à la danse. Les chants, polyphoniques, rythmés et répétitifs comme ceux des sauvages d'Afrique, étaient accompagnés de tambours de bambou sans peau, frappés contre le sol. Certaines danses évoquaient clairement notre campagne de pêche, d'autres préfiguraient notre retour en pirogue. D'autres enfin, mimaient des guerres avec arcs et flèches, lances, massues et frondes et j'essayai de me persuader qu'il s'agissait de commémoration de victoires passées plutôt que d'un prélude à de futures batailles.

Je dormis peu cette nuit-là.

Les indigènes épuisés par les travaux de la journée et par les festivités semblaient plongés dans un coma profond. Pendant tout ce mois passé avec mes nouveaux compagnons, j'avais oublié mes craintes du premier jour, ou plutôt la terreur s'était changée en une petite musique anxieuse, un ostinato lancinant. Malgré toutes les bizarreries dont j'aurai l'occasion de parler, ces sauvages étaient bien de la même pâte humaine que mes concitoyens d'autrefois. Pendant ces mois de solitude, n'avais-je pas souvent pleuré de désespoir à l'idée de ne plus revoir un de mes semblables ? Je ne devais pas bouder ces frères inattendus, certes pas ceux auxquels je rêvais pendant mes longues périodes d'affliction, mais tout autant constitués de chair et de sang, industrieux et habiles, et, s'il ne s'agissait pas de calcul de leur part, plus fraternels et hospitaliers que beaucoup de mes compatriotes ?

Le doute me reprenait alors : ne leur facilitais-je pas la tâche en me portant volontairement vers leur lieu de vie et vers… leurs marmites ? J'avais poussé la naïveté jusqu'à les aider dans leur pêche, me fustigeais-je. Plutôt la terrible solitude que j'avais réussi à domestiquer, pensais-je, transpirant de terreur, que finir comme plat dans l'assiette de cannibales ! Je tentais plusieurs fois de me glisser silencieusement hors de mon couchage végétal. Immédiatement, un mouvement se faisait tout près de moi et je reconnaissais le chuchotement de Siko. La voix n'était pas impérieuse, mais plutôt inquiète.

Allez! Mon destin était de continuer l'aventure: j'avais rencontré l'homme à l'état de nature et cet homme était bon, incapable de perfidie, j'en étais sûr. Mon maître Jean-Jacques avait raison, je devais m'associer à ceux que la civilisation n'avait pas encore corrompus. Après tout, quelques navigateurs illustres, français, anglais, espagnols, il est vrai groupés et bien armés, avaient réussi à pactiser avec les sauvages.

Tandis que je m'endormais enfin, le soleil se leva avec sa brusquerie tropicale et la troupe s'activa: les filets furent roulés et dissimulés dans un creux de rocher, les derniers fumages furent emballés dans de grandes feuilles.

Le vieux à l'éternelle couronne de fleurs odorantes que j'avais pris pour un chef s'était révélé plutôt guérisseur: plusieurs fois il avait eu l'occasion de déposer des emplâtres végétaux sur les blessures de ses compagnons. Pour cela, je l'avais vu mâcher des feuilles sélectionnées avec soin puis cracher sur la partie atteinte tout en marmonnant des incantations. Moi-même, j'avais bénéficié de ses services alors que j'avais été piqué par l'épine dorsale d'une sorte de vive aux couleurs chatoyantes. Il avait chauffé des feuilles qu'il avait appliquées sur mon pied.

Cette fois, il nous aligna assis sur la berge, choisit une plante aux larges appendices duveteux qu'il chauffa longuement, puis nous en caressa le visage, l'un après l'autre. Il s'agissait à n'en pas douter d'un rite propitiatoire en direction de quelque Poséidon local.

J'avais eu l'occasion d'observer les deux pirogues monoxyles à balancier, échouées non loin du petit campement. Ces embarcations, identiques à celles que j'avais vues de loin dans les Mascareignes, à des distances parfois considérables des côtes, étaient adaptées aux campagnes de pêche, m'expliqua Siko. Comme je ne cachai pas mon admiration pour ces constructions creusées par le feu et sans aucune pièce métallique, il me dessina sur le sable des pirogues pontées à double coque capables d'effectuer des voyages de plusieurs jours et même de plusieurs lunes, et cela sans voir la terre. Mais sans doute se vantait-il, m'étais-je dit, car comment auraient-ils pu accomplir ces exploits sans aucun instrument de navigation et des embarcations aussi basses sur l'eau ?

Son pays était une île, comme je l'avais deviné, même si je n'avais pas eu le temps de le vérifier en en faisant le tour. J'estimai provisoirement sa circonférence à cent lieues normandes. Il m'en dressa une carte naïve sur le sable, sous forme d'un cercle, une encoche profonde figurant son village. Il dessina aussi plusieurs autres cercles et losanges de différentes tailles situés à des distances plus ou moins éloignées. S'il disait vrai, si les proportions étaient respectées, et si mon estime de la taille de Djèhou était exacte, nous étions entourés d'une dizaine d'autres îles dont la plus grande était cinq fois plus étendue. Je tentai de placer sur sa figuration l'emplacement de l'îlot de notre naufrage. Cela déclencha des exclamations: «Nié! Nié!» Visiblement il connaissait cet îlot maudit qu'il effaça avec une mine de dégoût. Il prétendit aussi (mais avais-je compris ses mots et gestes?) que certains des siens étaient capables de se transporter dans ces îles par des voies souterraines et sous-marines, uniquement par la vertu de la pensée. Que n'avais-je eu, moi aussi, ce don d'ubiquité!

Je compris avec Siko que ces hommes se figuraient le monde comme une sorte de plateau rond liquide, parsemé d'îles et coiffé d'un couvercle. J'eus cependant la première occasion de noter qu'ils étaient des marins doués d'un grand sens de l'observation et le jour et l'heure du départ avaient été calculés au plus juste sur la marée haute de vive-eau et sur la renverse de courant qui vidait le petit lagon. Les trois pirogues furent mises à l'eau rapidement avec l'aide de tous.

J'eus alors une première démonstration des talents de navigateur de ces sauvages et des qualités marines de leurs embarcations. Nous franchîmes la passe à la rame, à grands cris contre le vent, puis une lourde voile nattée en pince de crabe et à livarde fut gréée. Six hommes furent nécessaires pour l'étarquer et la border sous les ordres du vieux sorcier qui semblait cumuler les rôles de capitaine, de chirurgien et de prêtre. Nous commençâmes dès lors à longer la côte grand-largue tribord amures. Je repris, tant de temps après, mon humble rôle d'apprentis marin, mais cette fois-ci, me l'aurait-on proposé que je me serais senti bien incapable de manier la barre franche, malgré mon expérience de la godille dans les darses dieppoises.

Commença une lente progression vers le nord, à un mile de la côte. Pendant de longs moments, nous la perdîmes de vue. Notre barreur, nullement inquiet, semblait se guider au soleil, mais aussi à la forme des vagues, à la force du vent et à la direction des courants.

Siko, pendant les trois jours que dura le voyage, continua mon éducation dans sa langue, si différente de la nôtre et de celles de nos voisins européens. En Amérique, j'avais, au bout de plusieurs mois, réussi à briser le silence hautain d'un vieillard guarani à force de patience et de cadeaux.

Après un siège assidu, l'indien avait accepté de fumer mon tabac. Quelques jours plus tard, il avait posé un doigt sur mon front et m'avait enseigné mon premier mot dans sa langue : « tayhuhàra », qui veut dire ami ou frère. J'avais appris ainsi mon deuxième mot après « tabac » qui provient de sa langue. À l'issue de mon séjour chez Alvarez, je connaissais le nom d'une centaine de plantes locales dans la langue de mon nouvel ami.

Je n'avais pas besoin de harceler Siko pour parfaire mon vocabulaire exotique, les longues heures d'inactivité sur la pirogue se passaient à partager les mots de nos langues si différentes. Je notais les siens dans mon petit cahier, tandis que Siko emmagasinait les miens dans sa tête avec une facilité étonnante. La langue de Siko était plus facile à prononcer pour mon gosier français que les langues du Nouveau Monde, mais plus déroutante dans sa grammaire.

Tout au long de la journée, je découvris une côte qui semblait hospitalière. Par endroit, de longues plages de sable étincelant et des contreforts en pente douce contrastaient avec la côte hostile où le mauvais sort m'avait fait atterrir. À un moment, je crus voir un filet de fumée s'élever au milieu d'un ruban de savane entre mer et falaise. Comme je demandai à Siko s'il s'agissait de son village et des siens, et si nous allions essayer de franchir la barrière de corail pour les rejoindre, il poussa des cris d'effroi et fit le geste de se mordre le bras. Je compris que le pays était non seulement habité, mais qu'il l'était par des peuples en guerre dont certains étaient cannibales. Loin de nous rapprocher du bord, le barreur nous fit pointer vers le large et décrire une boucle qui nous fit perdre la côte de vue jusqu'au soir.

Siko, de son côté, était aussi curieux du pays d'où je venais que je l'étais du sien. Il continua pendant tout notre voyage, comme il l'avait commencé à terre, à me poser une avalanche de questions. Il voulait savoir de quelle île je venais, si les gens y étaient tous de ma couleur, si j'étais un chef, et si je mangeais mes ennemis.

J'essayai de lui expliquer que le monde était une énorme sphère auprès de laquelle la taille de son île était un grain de sable, mais je vis à son œil en colère qu'il pensait que je me moquais de lui. Il resta pensif et grognon pendant un long moment. Il rompit enfin le silence, nous pointa tous les deux, désigna l'horizon, me pointa à nouveau... je dus lui promettre de lui faire visiter mon pays.

Au matin du troisième jour, le sable étincelant d'une large baie nous éblouit. Notre barreur nous dirigea sans hésitation, à pleine vitesse, à travers une passe grondante. Au loin, une cinquantaine de points noirs déboula alors, jaillissant du vert pâle d'une cocoteraie touffue, se regroupa sur le sable blanc et se jeta dans le bleu vif du lagon à notre abordage, qui à la nage, qui sur des esquifs. À quelques encablures du bord, notre sister-ship fut cerné par des grappes d'enfants nus, hurlants, qui l'assaillirent au risque de la faire couler sous leur poids. D'abord intimidés par cet inconnu étrange à la peau rouge, habillé de rouge, qu'ils montraient du doigt, ils firent cercle à quelques brasses, puis, encouragés par nos signes de bienvenue, s'entassèrent sur notre embarcation.

Malgré Siko qui écartait les enfants comme des mouches, je dus à nouveau subir les mêmes approches circonspectes puis les explorations de plus en plus indiscrètes de mon anatomie et de mon habit.

Sur la plage, la foule excitée nous accompagna vers une dizaine d'hommes assis en ligne, jambes croisées, à couvert des cocotiers.

Ils étaient également nus, hormis le sempiternel étui en écorce autour de leur membre viril. Quatre d'entre eux arboraient une élégante toque cylindrique tressée en fibre de coco et piquée d'une aigrette en plume, d'autres un turban de balassor parfois hauts d'une demi-brasse. Plusieurs avaient les oreilles percées et déformées par des cônes et des anneaux de coquillages polis. Un peu à l'écart je vis les premières femmes indigènes. Elles étaient assises par groupes bavards et curieux. Plusieurs d'entre elles avaient un petit, pendu à un sein. Elles étaient vêtues, jeunes comme vieilles, de la même bande de pagne en fibre, enroulée à triple tour autour de la taille et couvrant les parties de la génération. Quelques jeunes filles portaient des fleurs blanches en pendant d'oreille, en collier, ou piquées dans leur chevelure buissonneuse.

Plusieurs hommes et enfants firent alors une chaîne pour apporter les paniers odorants de poissons et les entasser à quelques mètres devant les chefs. Oui, c'étaient bien des chefs, cette fois-ci, Siko me le confirma en m'installant avec lui, en face de celui qui avait la coiffure la plus haute et les plumes les plus majestueuses.

Mes compagnons s'assirent en désordre. Après un long moment d'apartés, de chuchotements et de regards obliques, ce ne fut pas notre vieux capitaine-sorcier qui se leva et entreprit une nouvelle harangue, mais un des pêcheurs qui ne s'était jamais mis en avant jusqu'ici. Je compris d'après le ton, les gestes et les quelques mots que je connaissais, qu'il s'agissait du récit du voyage, des péripéties de la campagne de pêche et de notre rencontre.

À ma surprise, ce fut le jeune Siko qui prit ensuite la parole. Incontestablement, il parlait de moi et peut-être pour moi. Il sembla vanter mes qualités de pêcheur, exagérant mes mérites. Soudain il me saisit par la manche et arracha prestement les derniers boutons de mon habit écarlate. Par gestes, il me fit comprendre que je devais l'offrir au chef. Ce cadeau contraint me chagrina dans un premier temps. Cet habit de roi sans sujet, cette tenue d'apparat qui avait ponctué les minuscules événements de ma vie solitaire, participé à fêter mes victoires sur l'adversité, ce symbole de mon rattachement à la compagnie des humains, j'allais ironiquement le donner à ce sauvage, le troquer contre une coiffure bizarre, autre symbole sans doute pour cette population dont je ne connaissais pas les mœurs.

Je me prêtai finalement à cet échange obligé, et, encouragé par Siko, allai le déposer aux pieds du dignitaire qui en vêtit, sur le champ et à grand mal, son gros corps luisant. Un des compagnons du chef déclama alors une longue tirade que Siko tenta de me traduire avec notre maigre vocabulaire commun. C'était à l'évidence un remerciement et sans doute un souhait de bienvenue, mais quand je voulus m'asseoir à nouveau à côté de mon « frère » Siko, on me plaça aux pieds du « roi » désormais campé dans sa redingote rouge.

Siko

Le roi s'appelait Anawa. Il était l'objet d'une grande dévotion. Ce n'était pourtant pas un roi à l'exemple de nos souverains de France. Je mis quelque temps à comprendre, grâce aux explications de Siko, que si aucun de ses sujets ne pouvait, sous peine de terribles punitions divines, s'asseoir sur le même siège ou porter ses lèvres sur la même noix de coco, les décisions les plus lourdes, les jugements les plus graves, les protocoles et les travaux collectifs étaient à la charge d'innombrables ministres. Pour l'instant, j'observais que, pendant toute la cérémonie, celui que Siko me désignait comme le roi n'ouvrit pas la bouche et, hormis la place centrale dans la haie des dignitaires, une coiffure majestueuse et surtout une corpulence prodigieuse, je ne l'aurai pas distingué du plus humble de ses sujets. Le vieux pêcheur Nagézè que j'avais pris pour le chef n'était donc qu'un seigneur faisant allégeance au gros homme.

Je compris par la suite que ce chef silencieux était la mémoire des tenures et le maître de la cambuse.

Après les discours vinrent les chants et les danses. Les terribles pyrrhiques m'étaient devenues presque familières, elles ne me faisaient plus trembler et sursauter, mais surtout, elles alternèrent cette fois-ci avec les démonstrations des femmes, tout aussi rythmées, mais qui semblaient raconter une histoire beaucoup plus pacifique.

Je compris que j'étais désormais sous la protection d'Anawa, son *enemu*, et que je faisais, d'autorité partie de sa cour. Cet adoubement pouvait me permettre d'obtenir quelques avantages, mais quelles en seraient les contreparties ? J'osai alors une requête : celle de rester proche de Siko. Je mesurai que je sollicitais là une faveur bien exorbitante, tant ma demande provoqua de discussions et tant elle sembla effrayer le jeune homme lui-même.

Siko m'était devenu indispensable comme précepteur et comme ami. On ne s'étonnera pas de mon attachement pour un sauvage dont je ne connaissais pas le peuple quelques jours auparavant ; ma privation cruelle de tout commerce avec la race humaine, pendant tout ce temps passé sur cette île, la rendrait, à elle seule, bien compréhensible. Surtout, ces quelques semaines de complicité et de découverte réciproque avec ce garçon de mon âge m'avaient été fort utiles et aussi m'avaient bouleversé plus que je ne l'aurais imaginé. Et puis, je n'oubliais pas qu'il m'avait sauvé la vie.

Quand il m'eut abandonné aux pieds de l'impressionnant chef et que je le vis partir sans se retourner derrière mon vieux pêcheur-sorcier après tous ces jours de compagnonnage ininterrompu, je sentis comme une poire d'angoisse dans ma gorge.

Je dormis cette nuit-là avec quelques élus dans la case du roi, majestueuse construction en bois recouverte de paille, trônant au bout d'une longue allée couverte de pierres ponces, bordée de cocotiers et de grands sapins régulièrement espacés. Siko, mon traducteur et guide des bons usages me manquait et, sans lui, je ne fis ce soir-là qu'acquiescer de la tête, et sourire quand l'assemblée riait. Mon épuisement était si profond et la fraîcheur ouatée de la maison en paille si apaisante que, malgré mes angoisses, je m'endormis d'un sommeil lourd, sans cauchemars.

Au matin, j'étais seul dans la grande case. Le feu rougeoyait encore près de l'énorme tronc d'arbre qui servait de pilier central. Un jour éblouissant envoyait ses faisceaux par trois portes basses carrées et me transporta en pensée dans quelque mystérieuse chapelle votive de nos marins normands.

Je clignai les yeux au soleil levant. Les lieux étaient dépeuplés.

Les habitants avaient-ils déserté l'île, à l'aube, à bord des grandes pirogues que Siko m'avait vantées ? Je ressentis une détresse immense, un sentiment d'abandon, beaucoup plus pénible que la peur qui m'assaillait parfois, l'inquiétude sourde que provoquent les situations inconnues.

J'éprouvai que je ne pourrais plus jamais vivre isolé de mes semblables.

Mais une ombre noire se détacha du tronc d'un cocotier. Siko m'attendait assis en tailleur à l'écart de l'allée.

Peu de temps après, il fut autorisé à emménager dans une petite case au-delà de l'allée de sapin. Nous restâmes inséparables, mais cette fois-ci par le fait de notre propre inclination. Je pus continuer mon apprentissage de la langue, mais aussi de la chasse et de l'agriculture.

Surtout, nous nous étions découvert en commun, la même soif de grand large et d'explorations. Bribe par bribe, il m'expliqua son histoire :

Lui aussi venait d'un ailleurs trop étriqué, d'un pays qu'il appelait Kiamou et dont il pointa la route vers le nord. Il avait débarqué avec des habitants de son pays dans une pirogue pontée à double coque qu'il me décrivit comme longue de plus de cinquante pieds. Ce peuple conquérant était rapidement entré en conflit avec celui d'Anawa. Plusieurs des compatriotes de Siko avaient été tués, dont ses parents. Les grandes pirogues étaient reparties avec les survivants... mais sans lui qui était resté tapi dans un bosquet. Il avait alors dix ans environ et avait été adopté par la famille de Nagèzè. Le visage de ses parents s'était estompé dans son souvenir, mais depuis son déracinement, une utopie avait continué à tourner et tourner dans sa tête, celle de revenir un jour sur son île et de retrouver le reste de sa famille. Notre rencontre avait ravivé son rêve.

Au fil de nos discussions, son obsession se fit plus lancinante et le voyage vers son pays natal qu'il présentait comme une promenade, si j'acceptais de l'aider, devint un projet plus ambitieux, une première escale avant la découverte de toutes les îles de la planète. *Mon île,* surtout, lui apparaissait comme cocagne, après que je lui eus raconté les constructions en pierres et à étages de nos villes, les chevaux, les canons et les bateaux pouvant transporter autant d'hommes qu'il y avait d'habitants dans son village. Bien qu'il ne me crût qu'à demi, il voulait y aller voir par lui-même. Plus que tout, il tenait à ce que je lui présente mon roi.

Je lui demandai en plaisantant s'il ne connaissait pas les chemins souterrains qui permettaient de voyager d'île en île. Il me répondit, le plus sérieusement du monde, que ces miracles nécessitaient les bonnes paroles, les paroles sacrées réservées à des initiés comme son père, le vieux Nagèzè. Je le taquinai en lui proposant de demander à son père s'il ne pouvait pas nous entraîner par la main dans un de ses voyages. Je vis alors mon ami pour la seconde fois entrer dans une colère silencieuse et s'installer à l'écart pour bouder.

Comme on le voit, notre amitié n'était pas sans nuages, tant Siko était sujet à des emportements aux motifs obscurs. De mon côté, mes années de solitude n'avaient pas policé mon caractère indépendant et irascible. L'orage éclatait parfois et c'étaient des luttes à main nue dans le sable qui s'achevaient par quelques bosses et un déluge de rires.

Par un jour de chance, je tuai un plus grand nombre de chauves-souris que lui et, tandis que je le taquinais sur son tableau de chasse et sur son adresse, il se mit à pousser des cris de colère formidables. Il partit soudain, silencieux, le visage déformé et les yeux roulant dans les orbites. Il revint quelques minutes plus tard, brandissant un javelot. Il entreprit les figures de danse capricantes que je connaissais, reprenant surtout les cris guerriers qui ponctuaient chaque psalmodie. Plus frénétique de minute en minute il tournait autour de moi en pointant son arme. J'avais admiré l'adresse et essayé d'imiter des jeunes gens qui s'entraînaient tôt dans la vie à faire tournoyer leurs frondes lestées de lourdes pierres polies oblongues et à projeter les minces sagaies ouvragées avec le doigtier tressé en fibre de palmier. Siko lui-même m'avait initié à l'art d'esquiver les traits en anticipant les déplacements de l'ennemi. Il s'immobilisa tout à coup, concentré, les jambes écartées et les genoux fléchis, la lance brandie au-dessus de la tête.

J'entendis soudain un sifflement et ressentis une brûlure aiguë à l'épaule. Je n'avais pas eu le temps d'esquisser un mouvement. Siko avait avancé d'un pas, il resta quelques secondes en silence dans une position figée de cavalier avant l'obstacle puis éclata d'un rire tonitruant. Il alla aussitôt cueillir une noix de coco, en préleva la bourre et m'en fit un cataplasme avec des feuilles qu'il étala, toujours riant, sur la mince griffure de mon épaule.

Avec mon mentor je découvris le royaume d'Anawa et son bornage invisible aux étrangers. Des frontières connues de tous, délimitées par un cocotier, un sapin, ou un rocher remarquable, ne pouvaient être franchies qu'après avoir fait révérence à la famille qui cultivait par-delà. Siko me désigna de la main une limite tout aussi tacite et plus infranchissable encore, s'étendant plus loin derrière la deuxième falaise abrupte qui semblait ceinturer toute l'île et qui séparait les terres du roi et de ses féaux d'avec un autre royaume mystérieux de l'intérieur.

Je découvris des plantations bien entretenues, les huttes touffues roses et bleutées des ignames, les larges feuilles dentelées vert de jade des tarots, toute une végétation vigoureuse parmi des troncs calcinés, vestiges de la forêt conquise.

Siko avait son petit domaine, et je proposai de l'aider dans quelques travaux, mais il refusa avec une pointe d'indignation. Il semblait que j'avais acquis une sorte de dignité nouvelle du fait de ma proximité toute neuve avec Anawa.

Chaque famille de ce pays, cependant, avait une parcelle cultivée d'ignames qui servait à sa subsistance, mais une bonne part était destinée au souverain et lui était offerte lors de cérémonies annuelles qui rassemblaient tous ses sujets. J'avais pu voir, près de la grande case, des sortes de magasins en paille où était entreposée à l'abri de la lumière, sur des claies, une réserve de tubercules qui était redistribuée pendant les périodes de disette.

Mais si Siko avait son champ, comme tous les habitants du village, il passait l'essentiel de son temps dans le chantier naval de son oncle.

Je continuais de dormir dans la grande case du roi en compagnie des proches à son service, mais Anawa, lui, allait le plus souvent rejoindre une de ses femmes dans une case voisine.

Je partageais tous ses repas en compagnie de quelques dignitaires. Nous mangions silencieusement, servis avec empressement par une dizaine de jeunes garçons et filles.

Siko, à l'opposé, n'était pas admis parmi ces courtisans du premier cercle, mais je le retrouvais au matin, fidèle sous son cocotier, et l'après-midi sur la plage, devant son chantier naval où nous ressassions nos projets de voyage.

La morale de l'histoire tragique de Siko disait l'intransigeance du peuple djèhou et de son roi dès qu'il s'agissait de sa terre, mais ce nationalisme chatouilleux n'interdisait pas, comme chez nos anciens, une hospitalité rituelle dont j'avais moi-même bénéficié.

Je compris que ma présence auprès de « Sa Majesté » renforçait son rayonnement sur ses sujets. J'étais son « coquillage », m'avait expliqué mon mentor Siko, un objet décoratif et exotique. Pour tous, j'étais également un émissaire du monde souterrain des ancêtres et des dieux, mes cheveux jaunes et lisses, ma peau aussi rouge que mon ancien habit, mon langage rocailleux incompréhensible, le sabre plus résistant que le plus dur des bois que j'avais offerts à Nagézè, et dont il ne se servait que pour l'apparat, tout me désignait aux yeux des plus candides comme un dieu ou un démon. Je m'imaginais que cette apparition miraculeuse d'un jeune homme blanc endormi sur leur plage avait frappé la vue des pêcheurs et, plus encore, avait alimenté les récits chimériques qu'ils en avaient faits au village.

Au-delà de cette aura domestique, Anawa visait un regain de prestige dans la compétition perpétuelle qu'il entretenait avec les habitants de la forêt avec qui il échangeait produits de la terre et de la mer, et épouses.

J'acquis pour moi-même, une certaine célébrité dans le pays en donnant des soins à Anawa et même, avec le secours de la providence, en lui sauvant la vie. En voici les circonstances :

Alors que nous finissions un repas clôturant la fête des prémices agricoles, le gros homme se mit à transpirer abondamment, son souffle était rauque et sibilant, seule la position assise, penchée en avant lui permettait de respirer à petites gorgées.

Il fut transporté dans la grande case sur un brancard, accompagné par les pleurs bruyants des femmes, porté par six hommes et confié à la garde de Chopé, son fils aîné, et d'Isola, sa première femme. Il m'avait fait un faible signe de la main : il voulait que je sois présent à sa probable agonie. Calé contre un coussin de paille, il se mit à pousser de brèves plaintes assourdies régulières. La parole lui était impossible, et c'est par gestes imperceptibles qu'il me réclama auprès de lui. Les veines de son cou saillaient, palpitantes, une mousse rosée débordait de ses lèvres. Je reconnus les signes de l'hydropisie, maladie que l'on doit soigner par des saignées. Je l'avais vu faire avec succès sur le Haarlem par notre chirurgien major, monsieur Le Callonec. Je proposai ce remède au roi qui m'encouragea en fermant les yeux plusieurs fois de suite. À défaut de lancette, j'utilisai un èlë, un couteau indigène effilé et tranchant, taillé dans le bambou. Je pratiquai une bonne entaille dans une grosse veine du pli du coude. Malgré les regards effrayés de Chopé et les cris aigus d'Issola, je remplis deux coquilles de noix de coco de sang.

Rapidement, le visage du roi devint gris, mais comme apaisé, sa respiration se fit plus silencieuse et lente. Il s'assoupit alors. Je conseillais d'éteindre le feu qui rougeoyait, jour et nuit dans la case. Issola passa la nuit à l'éventer avec des palmes tressées.

Au matin, il réclama une soupe, malgré ma consigne de diète absolue. Il guérit cependant. À compter de ce jour, ma réputation de sorcier se répandit et je fus souvent sollicité pour prodiguer ma médecine miraculeuse, ce qui me plongeait dans un grand embarras, car mes connaissances étaient fort limitées, se bornant à celles que j'avais glanées par mon commerce avec les hommes de science que j'avais eu la chance de rencontrer, et aux quelques traités que j'avais parcourus. De plus, j'empiétais sur les prérogatives de Nagézè. Cet homme puissant en prenait ombrage et j'appris qu'il se livrait à toutes sortes de magies noires à mon égard. À plusieurs reprises, je retrouvai ma natte tachée par un liquide brunâtre à l'âcre odeur végétale. Mon chapeau de paille disparut puis réapparut mystérieusement. Je m'en ouvris à Siko qui me répondit avec beaucoup d'embarras et même de réticence. Il finit par m'avouer que son père fabriquait la nuit toutes sortes d'élixirs « mauvais » qu'il aspergeait sur ma couche en mon absence.

Ma condition changea toutefois dans les jours suivants lorsqu'Anawa décida... de m'adopter ! On me donna solennellement mon nouveau nom au cours d'une cérémonie où Nagézè avait sa part. J'étais devenu en quelque sorte sa propriété quand il m'avait découvert sur le lieu de pêche et, maintenant, il me « donnait » à Anawa.

On coupa ma barbe broussailleuse et jaunie qui me protégeait si bien du soleil. Je porte désormais le nom de Tchéoumézé. On m'engagea également à me vêtir d'un bagayou, ce à quoi je consentis, malgré ma répugnance initiale. Il me vint à l'esprit que j'avais déjà abandonné mon habit rouge de cérémonie et gardé le haut de mon corps nu comme celui de « mes frères ». Seul Anawa portait jour et nuit le costume écarlate du capitaine De Wilde. Je m'avisai aussi qu'indécence en Europe peut être pudeur au-delà des mers.

L'hostilité ouverte de Nagézè cessa dès lors.

On m'attribua une petite parcelle de terre. J'appris la culture de l'igname, si bien adaptée au climat de cette île et objet d'un culte religieux. Je plantai des bananiers, regrettant amèrement de ne pas en avoir eu quelques souches pendant ma période de vie solitaire. Je caressais l'idée d'une expédition à mon ancien campement afin de récupérer quelques graines de maïs, mes outils en fer et peut-être mes fusils, quoique pour ces derniers je fusse dans l'irrésolution : ne devais-je pas plutôt laisser ces armes qui, un jour, pourraient remplacer avec trop d'efficacité les armes en bois, en pierre et en coquille ? Car si ce peuple semblait mener une vie harmonieuse et pacifique, ses danses martiales, cet entretien permanent des flèches, massues et lances et surtout, le récit du massacre de la famille de Siko, prouvaient qu'il savait se montrer redoutable.

Pendant quelques mois (j'avais renoncé à compter les jours avec la même précision pointilleuse que dans ma vie antérieure), je partageais mon temps entre l'entretien de la parcelle de terre qui m'avait été attribuée, le chantier naval de Siko et mes nouveaux devoirs de fils de chef. Le soir, je m'obligeais à écrire quelques lignes sur mon journal, longtemps conservé dans une poche de mon habit rouge de capitaine, et que j'avais, in extremis, extirpé avant de « donner » mon accoutrement. J'avais fabriqué une lampe à huile de noix de coco que Chopé avait décorée et améliorée. Sa mèche donnait une belle flamme jaune et peu de fumée. J'avais tenté d'écrire dans la journée, mais cet exercice avait attiré comme les papillons autour de ma lampe, une nuée d'enfants intrigués par ces dessins mystérieux. D'abord éparpillés à bonne distance, de petits groupes s'étaient enhardis et l'ensemble de la troupe avait fini par s'agglutiner autour de moi en hurlant. Je dus cacher les feuillets pour que les petits diables ne s'en emparassent pas.

Mais, éreinté par mes journées qui débutaient avant le jour, je ne tardais pas à m'endormir au bout de quelques lignes, au risque de mettre le feu à ma natte, ce qui arriva une fois ou je fus réveillé par la chaleur de mes cheveux qui commençaient à roussir.

Passé la période de débroussaillement et de plantation, mon petit domaine ne nécessitait plus que quelques séances de désherbement. Mes ignames commencèrent à pointer et certaines à s'enrouler autour des tuteurs pyramidaux. Les bananiers étaient d'autres espèces qu'au Brésil ou qu'en Afrique et poussaient plus lentement. Quant aux cannes à sucre, j'en étais devenu un homme de l'art depuis ma plantation créole. Si les habitants de Djèhou cultivaient une belle variété violette qui venait très bien, ils ne connaissaient pas la technique pour fabriquer la rapadura et le rhum et se contentaient, surtout les enfants, de mâcher les tiges à longueur de journée. Quelques femmes confectionnaient un vesou agréable grâce à une presse en pierre rudimentaire. Je me proposai, quand ma petite production aurait pris de l'importance, de fabriquer sucre et rhum.

La famille de Siko était formée de pêcheurs-constructeurs de pirogues. Un peu comme dans mon pays, des corporations avaient le monopole de l'exercice de certains métiers. Seul le lignage de l'oncle de mon ami possédait les pierres magiques et la maîtrise des rituels qui protégeaient les bateaux des tempêtes et garantissaient les bonnes pêches. Je connaissais la majeure partie des ouvriers, c'était ceux que j'avais côtoyés dans notre campagne de pêche.

Mon ami avait entrepris, avec son oncle, une construction ambitieuse : une pirogue plus hauturière, beaucoup plus grande que celles utilisées pour notre expédition de pêche. Il était le membre le plus assidu, le plus soigneux dans les détails, le plus indifférent aux blessures. Moi qui connaissais son dessein secret de partir un jour vers son île d'origine, puis vers la mienne, moi seul ne le regardais pas avec curiosité quand il poursuivait son travail acharné jusqu'aux dernières lueurs du jour. Alors que nos compagnons dormaient ou discutaient autour d'un feu, je me brûlais les mains en dirigeant les braises dans le gros tronc de la coque pendant qu'il l'éteignait derrière moi avec de l'eau de mer avant qu'elles n'entamassent trop profondément les bordés.

Sans outils en fer, construire une grande pirogue de dix toises comme l'avait entrepris Siko demandait au moins deux ans, même avec l'aide des nombreux jeunes hommes de sa famille. Siko avait préparé avec son oncle les longs palabres rituels et cadeaux auprès des propriétaires des lieux de coupe, et même des propriétaires des passages traversés pour transporter les bois de différentes tailles. Au cours de ces pourparlers, un ou deux hommes étaient souvent proposés par les familles pour aider les bûcherons de leur bras et de leur connaissance du terrain.

J'accompagnai l'équipe dans la forêt pour l'abattage d'un grand sapin. Rien n'avait été laissé au hasard, à commencer par le choix de l'individu qui devait être droit, de la bonne taille, avec des branches pas trop basses. Le moment propice était situé trois jours après la pleine lune, tandis que la sève descendait, selon eux, dans les racines. L'arbre devait tomber du bon côté : celui qui devait être creusé. Les premières étapes d'ébranchage, écorçage, et un premier évidage grossier étaient effectués sur place. Malgré ces soustractions, j'estimai le poids de cette future coque à deux mille livres.

Il fallut défricher un chemin sur un terrain accidenté avant de haler l'énorme grume. Malgré le recrutement à chaque étape d'une main-d'œuvre occasionnelle, l'ensemble du travail demanda plus de trois mois et des efforts considérables. Toise après toise, le gros tronc dut glisser sur des rondins déplacés au fur et à mesure de la progression.

La première partie fut la plus accablante. Après une avancée de quelques pieds, il devint soudain impossible de gagner le moindre pouce. On entreprit en vain de dégager roches et branchages qui pouvaient faire obstacle, rien n'y fit. Le sapin semblait s'être appesanti. On fit venir du renfort sans succès. C'est alors que le chef de famille du lieu fut convoqué. Il arriva, escorté d'une douzaine d'hercules guidés par l'homologue de

Nagézè, à qui il ressemblait en tous points, noir, chenu, ridé, à la dentition éclatante. Les deux vieux se concertèrent et le verdict tomba : le sortilège ne pouvait être vaincu que si le tronc était porté sur l'épaule de trente hommes pendant que le sorcier dansait sur lui. À ma grande surprise, la magie opéra et nous gagnâmes quelques aunes qui nous permirent de franchir ce mauvais pas.

Nous parvînmes enfin au bord de l'océan chez l'oncle de Siko. Ce chantier tropical sans radoub ni sapine aurait bien étonné un architecte de Honfleur ou du Havre. La coque fut calée à la limite de l'estran, sur un sol dur et légèrement en pente, anticipant le problème de la mise à l'eau qui m'avait tant embarrassé lors de mes tentatives de réparation et de construction solitaires.

Mes devoirs de fils-benjamin de Anawa étaient surtout protocolaires et consistaient en de longues heures de conférence que je comprenais mal sans l'aide de Siko qui n'y était pas admis. Il s'agissait souvent des relations paradoxales avec les « gens de la forêt », faites d'échanges et de rivalité, de liens matrimoniaux et de guerres. Il lui arrivait aussi, véritable Saint-Louis ayant troqué le chêne pour le cocotier, de présider, entouré de conseillers, sans jamais intervenir lui-même, des tribunaux qui statuaient sur des conflits fonciers, des altercations ou des adultères. J'y figurais en assesseur muet avec peut-être le poids moral et l'objectivité supposée de l'étranger.

La demande en mariage

J'appris un matin, au cours d'un conseil restreint, mais où quelques femmes de ma nouvelle famille avaient pris leur place, que je devais... me marier ! Pour cela, il fut désigné une délégation faite du frère aîné de Waej, de mon oncle Wénégili, de mon frère aîné Chopé et de cinq cousins qui devaient m'accompagner dans les territoires de la forêt pour me trouver une épouse.

Je ne savais pas si je devais me réjouir ou m'alarmer de ce mariage où je n'avais pas mon mot à dire, et, tout au long du chemin, ce nouveau sujet d'anxiété s'ajouta à celui d'un voyage à travers la jungle et de la perspective de rencontre avec des indigènes que même mes amis du bord de mer semblaient craindre.

Je n'avais connu aucune femme depuis mon séjour à Batavia où je m'étais laissé entraîner un soir par des matelots dans un bordel chinois. J'en gardais un souvenir un peu honteux, embrumé par les vapeurs d'alcool de riz.

Dans le village, je ne savais comment interpréter les rires furtifs des jeunes-filles et les sourires de loin, enjôleurs ou peut-être maternels, des femmes mariées. Garçons et filles, dès l'apparition des premiers poils au menton, et je crois, après les premières menstrues, vivaient séparés, chacun et chacune s'adonnant à ses propres occupations. Jamais je n'avais eu, pour l'heure, l'occasion d'être seul à seule avec quelqu'une de la gent femelle.

Je ne côtoyais que mes amis pêcheurs et maintenant les proches du roi dont je déchiffrais péniblement les discours et ne comprenais pas tous les mots des conversations. Heureusement, les gens d'ici parlent comme au théâtre : acteurs nés, ils appuient chaque parole de gestes de marionnettes, imitent la voix de leurs personnages, les hommes n'hésitant pas à prendre une voix aiguë de femme, ce qui provoque immanquablement des tempêtes de rires.

Le passage de la frontière invisible qui séparait le peuple côtier des gens de l'intérieur ne devait se faire qu'accompagnés par une ambassade que nous allâmes quérir. Nous étions chargés de poissons, de coquillages et de langoustes enveloppés dans des feuilles de bananiers, portés à l'épaule dans des paniers tressés. J'avais pour ma part mon fidèle carnet et mes onguents. Nous passâmes deux jours chez Hagê, notre cicérone, qui nous abreuva de conseils et compléta nos offrandes avant l'expédition dans l'intérieur.

Malgré notre lourd chargement, la forêt dans laquelle j'avais progressé si péniblement dans le sud se laissait, ici, pénétrer plus facilement. Non pas qu'elle fut moins touffue, bien au contraire, mais notre guide semblait en connaître chaque arbre mort, en reconnaître chaque rocher à tête d'homme, en débusquer chaque nid de chauve-souris, et trouvait à s'abreuver dans chaque caverne. Souvent la végétation avait repris ses droits, mais, infailliblement, il retrouvait l'ancien sentier inauguré par ses aïeux. Il hésitait parfois, nous enjoignait alors de nous reposer et partait seul en éclaireur, pistant une branche brisée, un tronc noirci par la foudre ou un trou d'eau. Pendant son absence, nous criions pour garder le contact et nous le voyions revenir, infatigable, pour nous indiquer le bon trajet du doigt. Tout au long du cheminement, mes compagnons grappillaient des baies que je n'avais jamais repérées ou osé goûter, arrachaient des lianes au goût d'asperge, détachaient des champignons comestibles des souches pourries.

Pendant cette journée, j'eus l'impression d'être observé à tous les instants par des dizaines d'yeux. Comme je m'en ouvrais à un de mes compagnons, il ne parut ni étonné ni effrayé et me dit avec naturel : « Tépolo ! » Siko m'avait parlé de ces homoncules invisibles et facétieux, faisant tout à l'envers du commun et capables des pires tours pour se moquer des humains. Je devais prendre garde de ne pas m'éloigner du groupe sous peine d'être enlevé et transporté dans leur monde invisible. Pour l'heure, mon inquiétude portait surtout sur ces gens de la forêt qu'on disait redoutables. Les mères de beaucoup de membres de notre groupe avaient beau en être originaires, nombre de cicatrices, boiteries ou amputations que j'avais pu observer avaient sans doute été causées par ce peuple réputé être le premier occupant de cette île et qui semblait en avoir gardé une farouche prérogative.

Je pensais aussi à ma future femme, une jeune fille de sang princier, m'avait expliqué Siko. Je me rappelais confusément mon départ fanfaron. J'avais dévoilé mes projets à mes parents au cours de mon ultime soirée avec eux : voir les pays connus et en découvrir d'autres, bourlinguer sur mers et océans, faire fortune sans doute, puis, comme Ulysse, retrouver mon Ithaque où m'attendrait, à n'en point douter, une Pénélope normande. Ma mère qui recensait les jeunes filles à marier dans le quartier du Pollet et disqualifiait toute famille au-delà des remparts avait peut-être fini par croire ou au moins continuait à espérer que je reviendrai un jour comme l'enfant prodigue. Elle n'aurait, à coup sûr, jamais imaginé une alliance aussi excentrique.

Le soleil commençant à descendre, notre intercesseur ralentit le pas et poussa des « Aoouh ! » périodiques. Il s'agissait de s'annoncer en territoire étranger. Ainsi avions-nous procédé au cours du transport de notre coque. À la tombée du jour, nous entendîmes enfin un lointain écho qui se rapprocha rapidement et, brusquement, ce fut à nouveau le silence. Hagê nous intima par geste de ne plus ni bouger ni parler. L'attente immobile dura jusqu'à l'engourdissement. Il faisait encore entre chien et loup, mais les bruits étaient déjà ceux de la nuit : brusques frémissements d'ailes, cris aigus de chamailles, craquements de bois morts, inquiétants frottements. Soudain, ce ne fut plus imagination de ma part, des yeux nous observaient. Vraiment. Je m'aperçus seulement alors que mes compagnons étaient armés. D'où avaient-ils sorti ces haches et ces casse-têtes ? Je n'avais pour ma part qu'un solide bâton qui me servait de canne et qui m'aidait à écarter les branches sur mon passage.

Ils furent soudainement en demi-cercle autour de nous, immobiles comme des statues sans que je ne les aie vus franchir le rideau de verdure qui les cachait quelques secondes auparavant. De part et d'autre, les visages se crispèrent, les mains se serrèrent sur les manches des haches, la forêt elle-même semblait devenue silencieuse et comme figée.

Sans bouger, Hagê rompit l'attente. Il présenta chacun d'entre nous en rappelant les généalogies. Les hommes de la forêt restaient de marbre. Je remarquai que c'est moi qu'ils fixaient avec le plus d'intensité. Je fus le dernier à être nommé, par mon nom princier. Je venais d'un pays très riche, situé au-delà des mers, vanta-t-il. Mon peuple se déplaçait dans de très grandes pirogues et habitait des cases très hautes en pierre. J'avais, entre autres exploits, donné un vêtement rouge à Anawa et, accessoirement, je lui avais sauvé la vie. Je venais chercher une femme parmi leur grand peuple qui avait la réputation d'en compter de très belles et dont la fertilité était connue. Il mit alors très lentement son sac à terre, en sortit une grappe de noix de coco, avança de quelques pas, la tête humblement baissée et disposa son obole devant les guerriers.

Tous étaient nus, hormis le bagayou et une coiffure faite de cordes entortillées en forme de casque, surmontée d'une coquille à l'avant et pourvue d'un éventail de plumes à l'arrière.

Un des leurs s'avança avec une lenteur protocolaire. Fort de mon expérience, je me doutais qu'il n'était pas un chef, mais sans doute, comme ses compagnons, une sorte de gardien ou de guetteur.

Sa langue semblait la même qu'en bord de mer, avec un accent plus chantant et un débit plus lent. Nonobstant les visages qui avaient échangé les grimaces d'intimidation pour des expressions plus avenantes, je reconnus suffisamment de mots pour comprendre que nous étions les bienvenus. Ils le prouvèrent aussitôt en nous aménageant un petit bivouac pour attendre le lever du soleil.

Je remarquais dans la nuit, au cours de mes fréquents réveils sur le sol inégal, que dans chaque groupe, un ou deux parmi mes compagnons ou ceux de l'estafette semblaient monter la garde à croupetons. Était-ce méfiance ? Mais quelques-uns aussi de chaque partie échangeaient des propos chuchotés. Peut-être avaient-ils reconnu un cousin ? Je finis par m'endormir dans un sommeil peuplé de songes où une femme indigène me suppliait de rester avec elle. Magie des rêves, cette femme, je le savais, était ma mère ! Pourtant, pour la première fois, j'avais rêvé en langue djèhou. Un cri de ralliement me réveilla, on commençait à distinguer le sentier escarpé à travers la jungle. C'était le branle-bas du départ vers le pays de l'intérieur.

Nos hôtes nous ouvrirent la voie à marche forcée. Ils semblaient ne pas sentir la griffure des broussailles et escaladaient sans peine la pente souvent raide, tandis que nos hommes, plus chargés et habitués à un terrain plus plat et dégagé, ahanaient derrière. Mais, malgré la fatigue, notre marche se fit rapidement plus aisée. Le passage s'élargit, le sentier se fit chemin nivelé, assez large pour se tenir de front. Nous longeâmes plusieurs champs étendus et fort bien tenus, mêlant ignames, taros, bananiers et cannes à sucre. Sur l'un d'eux, des femmes courbées, armées de longs bâtons à fouir étaient dispersées en plusieurs petits groupes sur une clairière parsemée de maigres fumées blanches. Nous voyant surgir de la forêt, elles restèrent un moment interdites, se regroupèrent en criant, coururent vers nous, et s'arrêtèrent silencieuses à vingt pas. Curieuses, mais pusillanimes, elles n'osaient s'approcher davantage de ces étrangers du bord de mer et de cet homme à la peau rouge et aux cheveux jaunes qui les accompagnait. Un homme de notre escorte leur intima l'ordre de retourner à leur travail. Non seulement elles n'en firent rien, mais elles nous suivirent de loin, s'arrêtant à chaque signe de main impérieux, puis reprenant leur route un peu plus loin dès que nous avions le dos tourné. Elles furent rejointes par d'autres petits groupes de femmes puis d'enfants sortis on ne sait d'où. Elles non plus n'avaient certainement jamais vu d'homme blanc.

C'est avec cet équipage que nous arrivâmes à la maison de leur roi, Toupessi. Le long et large chemin menant à la grande case n'était pas, comme chez Anawa, tapissé des pierres volcaniques qui s'échouent sur les plages, loin de leur village, mais par une terre brune tamisée très fine.

Notre petit groupe remonta l'allée. Notre allure s'était faite plus lente et solennelle.

Des femmes en train de ratisser le sol arrêtèrent leur labeur pour nous fixer, cette fois plus insolemment, pouffant derrière leurs balais de palmes, s'attirant elles aussi des mouvements de main agacés de celui qui menait notre troupe. Au bout de l'allée, le faîte d'une case surmontée d'une conque dépassait d'une haute palissade de grandes perches écorcées serrées les unes contre les autres. Quatre hommes gardaient l'entrée, armés de lances et de casse-têtes sculptés à bec d'oiseau. Après quelque temps, Hagê fut d'abord introduit et revint finalement nous chercher.

Sagaies et casse-têtes restèrent sur le seuil. Ainsi font le même pari les négociateurs de tous pays condamnés à devoir démontrer les premiers leur intention pacifique. Nous rangeâmes nos dons en tas réguliers avant de plonger la tête la première à travers la basse ouverture de la grande paillote. Le temps que mes yeux s'habituent à la pénombre, je fus sur le qui-vive, mais la dizaine d'hommes qui était assise à croupetons ou à l'indienne en un demi-cercle centré autour d'un petit feu étaient grave, mais amène.

La maison de paille était de taille beaucoup plus considérable que celle d'Anawa, signe de la plus grande puissance de ce peuple premier, réputé être né des profondeurs de la terre, mais dû aussi, sans doute, au fait que les arbres à sa disposition étaient plus imposants.

Certains portaient, comme dans notre village du bord de mer, une coiffure cylindrique de pandanus ou de palme de cocotier, rouge ou noire, piquée d'une aigrette de plumes colorées, d'autres une sorte de turban haut de près de quinze pouces. Quelques-uns avaient un anneau de poil de chauve-souris serré autour du genou et du bras.

Nous fermâmes le cercle et Hagê déposa au centre, avec recueillement, une grosse igname emmaillotée dans une palme de cocotier qu'il avait gardée avec lui. Il resta un long moment debout, silencieux, devant l'homme qui portait la coiffure la plus imposante, sans doute le chef Toupessi. Puis il se lança dans un long discours. Il fit un éloge du grand peuple premier et de son chef, évoqua les origines mythiques de son ancêtre issu d'une grotte, rappela les liens matrimoniaux et les échanges commerciaux anciens qui unissaient les hommes sur l'île. Il vanta la valeur guerrière des hommes et la beauté des femmes reconnues dans toute l'île et au-delà. Parmi les femmes de leur pays, la réputation de la fille aînée de leur roi était parvenue jusqu'aux régions du bord de mer. Il me présenta ensuite comme une sorte de dieu étranger sorti des eaux et aux pouvoirs sorciers.

Les discours se répondirent interminablement, rappelant les guerres et les traités de paix, les alliances et les échanges de biens, jusqu'au moment où je remarquai du coin de l'œil que Hagê me désignait par signes un panier en palme de cocotier tressé. Le silence s'était fait et les regards étaient tournés vers moi. Attendait-on de moi que je prenne la parole à mon tour ?

Je fus sauvé par des mélopées étouffées de femme qui s'amplifiaient crescendo. Les chants choraux scandés accompagnés de claquements de mains filtraient à travers la paille de la case. Mon oncle ramassa le panier tressé et me poussa à travers la porte basse. Quand je passai la tête à l'extérieur, les clameurs et l'éblouissement du soleil me saisirent et je me retrouvai, titubant, entouré par un bouquet de femmes fleuries et parfumées, décorées de colliers de coquillages, vêtues de longues jupes de fibre. Enoka me mit le panier dans les bras et me poussa vers le groupe. C'étaient des femmes de tous les âges. L'une après l'autre, elles dansaient en face de moi et tentaient de m'entraîner dans leur tourbillon, m'encourageant à imiter les pas de leur pantomime trépignante. Je remarquai que les hommes étaient sortis sur le seuil de la case et que quelques-uns battaient des mains et des pieds.

Je me sentais empêtré avec mon panier, moi, qui n'avais encore jamais dansé, même au Brésil où les créoles y étaient fervents de Jongo. Pourtant, je fus gagné par les chants lancinants.

Périodiquement, la musique s'arrêtait sèchement, les corps s'immobilisaient, la danse frénétique se figeait au milieu d'un geste, puis la transe reprenait avec plus de vigueur l'instant d'après. Je pris conscience que mes pieds battaient la mesure avec de moins en moins de retenue, ce qui déclenchait rires et cris d'encouragement. Je fus finalement encerclé par une dizaine de danseuses-chanteuses parmi les plus âgées qui m'escorta vers une case à l'écart, le reste des femmes suivant à distance, toujours chantant. Là elles me firent entrer et refermèrent la porte. Les chants s'éloignèrent lentement.

L'ambiance était chaude et enfumée, j'étais seul dans la demi-obscurité.

Mes terreurs anciennes resurgirent brusquement avant que je ne distingue un mouvement dans le coin le plus reculé de la pièce. À la lumière vacillante des flammes, je découvris une jeune fille apeurée, blottie contre un poteau. Son visage était celui d'une enfant, même si le sein était d'une femme.

Elle se recroquevilla encore davantage quand je m'assis à quelques pas d'elle, moi-même fort intimidé. Je pensai alors à mon encombrant panier et j'en déballai les parures de coquillages et les robes tressées en feuilles de bourao qu'avait glissées Issola. Je les étalai devant elle. Elle continua à me fixer comme pétrifiée.

J'attendis un long moment en silence dans l'espoir de l'apprivoiser. De ma voix la plus douce je tentai une phrase hésitante en langue de Djèhou :

— Moi, étranger… mer, bateau cassé, recueilli, pêcheurs…

La jeune fille ouvrit des yeux apeurés puis ébahis et finalement… éclata de rire. J'avais encore des progrès à faire dans l'apprentissage de la langue de cette île et de ses variantes de l'intérieur.

Nous restâmes longtemps dans le royaume de Toupessi.

Pendant que ma famille négociait mon mariage, je passai tout mon temps avec ma fiancée Lossa, le plus souvent accompagnée par une de ses sœurs ou cousines. Mon djèhou ne provoquait plus ses rires, et son français baragouinant, de moins en moins mes sourires d'incompréhension.

Elle et moi eûmes rapidement une manière de dialecte privé, inaccessible à son entourage et fait de mots de nos deux langues, de mimiques et de dessins sur la terre battue. Sur cette île, on parlait deux langues, la langue commune et une langue aristocratique, utilisée pour s'adresser au roi. Ma princesse parlait cette dernière avec son père et entreprit de m'en apprendre les linéaments.

Nous passâmes ces journées en discussions, mais aussi à rire et à jouer comme avec la sœur que je n'avais pas eue.

Lossa ne connaissait pas son âge et je ne suis pas sûr qu'elle ait compris ma question quand je le lui demandais. Elle était nubile selon la loi de son pays, identique à la nôtre sur le sujet. Privilège des filles bien nées, elle avait le droit de décliner les alliances qui lui étaient proposées. Elle m'expliqua que cette occurrence s'était déjà présentée et qu'elle avait refusée «parce qu'elle avait eu peur». Elle ajouta que ce prétendant venait d'un pays du nord.

Je lui demandai si, moi aussi, je lui faisais peur. Elle me répondit que je n'étais pas un voleur de femmes, que je ne me mettais pas en colère et que mon peuple était un bon peuple.

J'appris ainsi qu'il y avait un troisième royaume situé au nord. Les relations avec ses habitants étaient, elles aussi, faites d'une sorte de tangage incessant entre la guerre et la paix. Selon elle, son pays, situé entre les deux autres, loin d'être l'agresseur était le médiateur. La vérité était sans doute que chacun était l'un ou l'autre à tour de rôle.

Les hommes sont décidément incorrigibles, aux antipodes comme à Versailles. Je comprenais que ces sauvages, tout nus qu'ils fussent, étaient déjà loin de l'état de nature. La guerre, et ses pillages, les traités qui s'ensuivaient, les ambassades, les intrigues de cour y étaient continuels. Les affrontements, cependant, y faisaient plutôt figure de duels avec beaucoup moins de martyrs qu'au cours de nos guerres cruelles.

Je m'émerveillai enfin d'être resté tant de temps dans cette grande île avant de rencontrer trace humaine. Cela avait-il été une chance pour ma survie si, aux dires de ma future épouse, seuls les gens de son peuple étaient de « vrais hommes » ? Elle ne faisait exception, du bout des lèvres, que pour le pays d'Anawa.

Le pays du nord

Un jour, mon oncle Wenegili m'annonça que les pourparlers avaient abouti. J'allais donc me marier. La date fut fixée après la prochaine récolte d'ignames. Nous devions retourner à notre village pour les préparatifs.

Lossa avait abandonné enfantillages et espiègleries. Elle me fit des adieux avec une gravité nouvelle de future épousée. De mon côté, je regrettais déjà ses chatteries, cette douceur féminine qui m'avait fait défaut depuis le temps si lointain de mon amourette créole avec Maria-Dolorès.

Le retour promettait d'être plus rapide avec un chargement allégé. Notre escorte était également plus réduite : seuls deux guerriers de Tupessi nous accompagnèrent tandis que deux hommes d'Anawa étaient restés au village. Nous retrouvâmes la petite clairière, les traces de notre précédent campement et même le mort-bois non utilisé. Alourdis par des jours de bonne chère, fatigués par notre étape, confiants et détendus nous nous endormirent sans tarder.

Je fus réveillé par des cris guerriers. Une vingtaine de sauvages, visages et corps noircis lignés par des traits blancs, nous entouraient. Nawaza, le fils de Hagê, gisait face contre terre, les cheveux englués de sang. Je fus saisi et entravé par cinq hommes tandis que le reste de mes compagnons reculaient dans les taillis, poursuivis par une dizaine d'autres.

On me lia les mains, me passa un licou et me traîna dans le hallier. Rapidement nous débouchâmes sur un chemin vers le nord.

J'étais aux mains de ces gens que Lossa redoutait tant. C'était, selon elle, des barbares cruels qui mangeaient leurs ennemis, alors que cette pratique lui faisait, comme à Siko, pousser des cris d'horreur. Pendant deux jours, sans presque dormir, je fus remorqué comme bétail, cravaché au moindre signe de faiblesse, les rêches cordages s'incrustant dans mon cou et mes poignets, les pieds ensanglantés.

Au crépuscule du deuxième jour, mes ravisseurs allumèrent des torches de paille et nous arrivâmes à notre destination.

Dans mon état de déréliction et d'épuisement, les lieux rendus plus inquiétants par la lumière vacillante des torches étaient comparables à ceux des deux villages que je connaissais : même allée majestueuse menant à une palissade de troncs écorcés, mais sans les cocotiers, grande hutte ronde de paille, plus basse, mais plus vaste. On me fit baisser la tête avec rudesse pour passer l'étroite ouverture du palais végétal, cette fois-ci de force, et on me jeta sans ménagement devant un aréopage de dignitaires, à en juger par les coiffures cylindriques et les turbans particulièrement hauts.

Dans la demi-pénombre, les hommes se ressemblaient tous, hormis l'un deux à la plus sombre couleur de peau, aux cheveux et la barbe plus courts et plus crépus. Il y eut un long échange à voix basse. L'un des hommes sembla se mettre dans une grande colère et donna un ordre sec que je ne compris pas. Le gardien qui me tenait en laisse depuis deux jours baissa la tête et se précipita pour me désentraver puis me faire franchir le seuil dans l'autre sens, cette fois-ci avec la dernière des prévenances. À la lumière de la torche, il m'entraîna, me portant à demi, vers une petite hutte à proximité.

Mon brutal geôlier se faisait ange gardien. Il m'installa en face d'une vieille femme ridée comme une mer sous la risée. Elle était assise, jambes étendues et dos droit au milieu d'une moisson de feuilles. Elle me sourit de toutes ses dents brunâtres, mais bien alignées. Elle se présenta : « Eni, Kaloïrane », je suis « Kaloïrane ». Elle me fit allonger sur une natte et commença à examiner mon cou, mes poignets et mes pieds, avec douceur et fermeté, puis retourna vers son fouillis de feuilles fraîches. Je l'entendis s'activer avec des bruits de hachoir et des coups sourds tandis qu'elle marmonnait une litanie sur un ton grave. Épuisé, bercé par le bourdon monotone de la vieille femme, je tombai dans une torpeur tiède et enfumée.

Plus tard, je vis que la vieille était agenouillée à mon chevet, mâchant des feuilles pilées qu'elle puisait dans un plat en terre cuite tout en poursuivant sa litanie. Soudain, elle pinça les lèvres, me saisit les mains et me projeta un crachin verdâtre sur le poignet comme je l'avais vu faire par Nagézé. J'eus un haut de cœur, mais ne pus retirer ma main enserrée par ses doigts maigres. Au fur et à mesure que le liquide gluant commençait à sécher et se transformer en une fomentation granuleuse, je ressentis un apaisement merveilleux et finis par m'endormir pour de bon.

Je restai dans un état stuporeux, jours et nuits indistincts, rêve et réalité se mêlant. Il me sembla que la vieille ne dormait jamais, n'interrompant son activité bourdonnante d'apothicaire que pour me prodiguer ses soins, me faire boire des breuvages amers et me renouveler ses embrocations. De temps à autre, j'entrevoyais mon cerbère accroupi à l'entrée. Aux ordres de la vieille femme, il allait périodiquement cueillir des feuilles fraîches.

Un matin je m'éveillai dispos, gardant un souvenir confus de rêves de naufrages et d'épisodes guerriers. Mes poignets et mes plantes de pied étaient rosés, mon cou était lisse et indolore sous mes doigts.

On vint me chercher. Lesté de deux calebasses pleines du philtre bienfaisant de la vieille sorcière et escorté par mon ancien bourreau converti en chaperon, à nouveau, je pénétrai, titubant, dans la grande hutte du troisième royaume. Il me sembla que les mêmes dignitaires y siégeaient, aux mêmes places, coiffés et parés de la même manière.

L'un de ces caciques prit alors la parole. Le ton passait de la douceur à la colère, mais il ne s'agissait pas, cette fois-ci, de rhétorique : le roi me souhaitait la bienvenue, me déclara-t-il en se tournant vers son voisin coiffé d'une haute toque aux plumes chatoyantes. Puis, sur un ton furieux, il m'expliqua que j'avais choisi le mauvais camp, celui des méchants et des barbares. Il cita à de nombreuses reprises le nom de Toupessi, chaque fois avec une grimace de dégoût et de haine.

— Il dit toi, pas partir chez Toupessi. Moi dire à chef, toi, grand sorcier comme moi.

… C'est la voix que je reconnus en premier. Il avait bien changé : La barbe était plus fournie, la peau encore plus noire, la voix plus grave. La tenue : coiffure, parure et bagayou était celle des personnages qui l'entouraient.

— Mourdi ?

— Moi, pas Mourdi. Nom à moi : Nékë ! Toi rester dans pays-chef Retiwaane. Ici bon pays. Anawa mauvais. Anawa guerre.

Il avait adopté un jargon fait de la langue djéhou mêlé à son créole de l'île Bourbon. Son ton, glacial et autoritaire freina mon premier geste, celui de me précipiter dans ses bras. Je brûlais pourtant de lui demander ce qui lui était advenu depuis notre séparation. Sa froideur hostile m'en dissuada.

Il se lança dans un discours exalté et confus que je ne compris qu'à demi : c'était un galimatias, un mélange de superstitions africaines, de récits mythiques, de croyances de ces peuples de Djéhou et même de crédos musulmans et papistes. Plusieurs de ses voisins approuvaient de la tête.

Un autre personnage prit à son tour la parole. Le ton, cette fois, était moins véhément, j'étais le bienvenu parmi son peuple à condition que je mette mes grands pouvoirs à son service, pouvoirs que Mourdi, ou plutôt Nékë, leur avait vantés. C'est alors que je remarquai son collier cliquetant et étincelant sous les rayons obliques du soleil levant : c'étaient mes pièces d'or entremêlées de coquillages, et serties de poils de chauve-souris.

Je fus emmené dans une petite hutte, non loin de celle de la vieille qui continua à me prodiguer ses soins et m'apportait deux fois par jour des repas monotones, de tarots et d'ignames grillés.

Pour une raison que j'ignorais encore, j'avais été épargné. Pendant les deux jours de ma marche forcée, je n'en doutais point sur le moment, ces terribles guerriers Rétiwaan allaient me tuer et sans doute me manger. Ils avaient changé d'avis pour une raison inconnue et me traitaient désormais comme un prisonnier de luxe.

Comme Siko jadis, mon garde était là, prévenant et vigilant, à ma porte la nuit, jamais loin quand je faisais quelques pas en dehors de ma geôle.

Il s'appelait Göli. Capable de cruauté comme de mansuétude, c'était lui qui m'avait passé la corde au cou lors de ma capture et m'avait traîné dans la brousse. C'était encore lui qui m'avait soigné avec la vieille et qui, maintenant, prévenait le moindre de mes désirs.

Il m'expliqua ce revirement : ma réputation de sorcier était parvenue jusqu'à eux.

J'eus par là une nouvelle fois confirmation que les relations entre les peuples de cette île étaient en perpétuelle recomposition et que leur isolement n'était qu'apparent, les faits et geste au bord de mer étant rapidement connus dans l'intérieur. J'avais pu remarquer chez la vieille le plat en terre cuite de même facture que chez Anawa et qui provenait peut-être d'autres îles proches. Par je ne sais quel truchement, la nouvelle de la magie qui avait sauvé Aneka était parvenue jusqu'à eux, et ils attendaient de moi les mêmes prodiges. Deux partis s'étaient formés, celui de ceux d'avis de me dévorer et de s'incorporer ainsi mon *mana*, et celui de ceux qui voulait me garder en vie pour utiliser mes pouvoirs magiques. C'était heureusement ce dernier camp qui l'avait emporté. Dans lequel des deux se trouvait Mourdi, je ne le savais pas.

Mon premier patient fut le roi Retiwaane. Dès le lendemain matin, Göli m'amena à lui. Je reconnus le gros homme de la grande hutte à la gauche de Mourdi, resté silencieux, mais dont les orateurs successifs avaient semblé chercher l'approbation.

« Ka roro ! » — ça me démange ! me dit Retiwaane après que Göli lui eut offert cérémonieusement une igname. Il avait le corps constellé de croûtes noirâtres. C'était une gale couverte de dartres, du fait d'un grattage frénétique. Comment cette maladie que je reconnus tout de suite, car fréquente chez les marins, était-elle parvenue ici ? Pouvait-elle migrer d'île en île par l'entremise des oiseaux ? Cela semblait plutôt appuyer l'histoire de Siko selon laquelle des liaisons régulières se pratiquaient avec les îles proches, ou même parfois fort éloignées, à commencer par celle qui l'avait conduit un jour dans la grande baie du village d'Anawa.

Je l'avais lu chez les moines : d'Hippocrate à Galien jusqu'à notre siècle avec Bonomos et ses cirons, personne n'est jamais tombé d'accord sur l'origine de cette maladie ni sur sa thérapeutique. Je m'en tins aux enseignements de Le Callonec qui avait eu d'excellents résultats parmi notre équipage : pendant plusieurs jours, je frottai les squames avec de la bourre de noix de coco, de la cendre et de l'eau. Je dus pour cela faire preuve de persuasion tant Retiwaane était convaincu que l'eau transpercerait sa peau lésée et le tuerait. Après chaque récurage, je couvris la peau devenue rose et fragile avec une émulsion d'huile de noix de coco et un cataplasme de feuilles de bananier. J'appliquai ensuite la recette d'un marin corse qu'il tenait de sa mère. Avec l'épine d'une sorte d'aubépine, je creusai l'extrémité des dizaines de sillons serpentigineux et je crevai les petites vésicules qui, selon l'opinion de certains, contiennent les animalcules responsables de cette maladie. Je terminai par un onguent fait d'huile de noix de coco et de soufre. Je ne sais pas qui de la médecine corse ou bretonne l'emporta, mais le roi guérit au bout de quelques jours.

Selon Le Callonec cette maladie était contagieuse et la multiplication des cas parmi les matelots ne pouvait que lui donner raison. Ainsi, j'incitai Retiwaane à me donner à traiter ses nombreuses femmes et enfants qui en étaient atteints. J'espérais que le parti de ceux qui ne voulaient pas me manger mais utiliser ma médecine avait décidément gagné. J'eus de toute manière rapidement quelques obligés, car mes clients se succédèrent. Jours et nuits avec l'aide de Göli qui fabriquait mon savon à la cendre, mes laits de noix de coco et mes pansements de feuilles de bananier, je nettoyais les peaux, les griffais et les badigeonnais.

Un soir, j'eus la visite de Mourdi. D'un geste de main, il congédia Göli qui quitta les lieux la tête basse. Comme je m'étonnai de cette autorité conquise en si peu de temps, il m'expliqua avec fatuité qu'il était le plus intelligent et qu'il avait des pouvoirs puissants transmis par ses ancêtres africains, supérieurs à ceux de ces peuples ignorants.

Je pus enfin l'interroger sur ces années où nous avions été séparés.

Il me répondit avec réticence, me fit comprendre avec hauteur qu'il était l'égal du roi et que je n'étais qu'un prisonnier en sursis dont le sort dépendait de lui. Je réussis à lui extorquer par bribes un récit plein de lacunes et de rodomontades, en feignant de m'émerveiller de son intelligence et de son courage.

Oui, c'était lui qui avait emporté le tromblon, la poudre et les pièces d'or, mais il prétendit que ces objets lui appartenaient autant qu'à moi. J'en convins.

Il était parti pour visiter l'île, expliqua-t-il, afin d'y préparer l'installation des hommes du *Haarlem* dans un lieu propice, et par la suite, avait envisagé la colonisation du pays et l'exploitation de ses richesses. Lui qui était issu de Bourbon avait, se vanta-t-il, toujours su que nous nous trouvions sur une île. Contrairement à moi, il avait choisi de partir vers l'intérieur. Après plusieurs jours, il avait vu de la fumée et avait découvert le village de Retiwaane.

Il avait armé son mousqueton, s'était approché hardiment vers la plus grande maison et avait attendu dans l'allée. Des guerriers s'étaient alors approchés, le menaçant de leurs lances, il en avait tué un premier et blessé trois autres, puis, profitant du désarroi de ses adversaires il avait rechargé son arme et en avait tué un second. À partir de ce moment, il était devenu le sorcier du roi, admiré, respecté et surtout craint, grâce à son arme surnaturelle.

Plusieurs soirs de suite, il revint me voir. Il me répétait à chaque visite que je lui devais la vie : « Moi dis : non ! Sinon… », et il accompagnait cette hypothèse d'un mouvement expressif du tranchant de la main contre son cou. Je voulais le croire et je le remerciais avec chaleur, mais lui restait si obstinément distant et agressif que je finis par le soupçonner d'avoir été du parti qui voulait ma mort, craignant que je ne lui fisse de l'ombre. Peut-être aussi avait-il pris initialement mon parti et le regrettait-il maintenant, en voyant ma réputation s'accroître.

Je compris qu'il espérait ma complicité pour je ne sais quel dessein en récompense de son intercession salvatrice, mais que, jour après jour, il reculait le moment de m'en parler. Il vint me trouver un soir, plus discrètement que jamais, les bras chargés d'un objet oblong emballé de feuilles de cocotiers tressées. Il le dépaqueta avec une colère froide et le jeta entre nous deux ; c'était le tromblon rouillé, certainement inutilisable. Il avait emporté l'espingole, mais avait négligé l'écouvillon et la graisse pour l'entretien. De plus, sa poudre était épuisée. Son arme n'était plus qu'un fétiche qui terrifiait toujours les villageois tant que personne n'aurait découvert que son bâton ne crachait plus son feu meurtrier. Et ce moment était proche ; Retiwaane, enhardi, avait des idées de conquête. Il voulait soumettre l'ensemble du pays avec l'aide de « Nékë » et de son arme magique. Mourdi comptait sur moi pour remettre en état son tromblon et récupérer la poudre et les fusils dans notre ancien campement.

Ce projet guerrier me glaça. Je pensai à Siko qui avait échappé à un premier massacre, à ma nouvelle famille royale, à mes amis pêcheurs-constructeurs de bateaux… à Lossa.

En même temps, Mourdi se mettait sous ma coupe, car je pouvais facilement dessiller ses amis. Mais mon sort semblait lié au sien : si l'idole tombait, elle m'entraînerait dans sa chute. Ma popularité était fragile, malgré mes succès de médecin : j'étais à la merci d'un échec ou de mes ignorances qui ne manqueraient pas d'apparaître.

Depuis son plus jeune âge, Mourdi avait dû survivre, subir les punitions à la place de la capricieuse fille de ses maîtres, punitions redoublées par celles de son père, voler pour ne pas mourir de faim, devenir le

souffre-douleur des matelots. Moi-même, ne l'avais-je
pas humilié sans le vouloir ? Il se vengeait de ses premières années misérables en tentant de devenir un roi
parmi ces sauvages. Mais n'étaient-ce pas ces derniers
qui disposaient de lui et qui n'hésiteraient pas à le tuer
comme lui-même n'avait pas hésité à le faire ?

Retour à la baie Robin

Faire la guerre au peuple qui m'avait accueilli et qui était devenu ma famille, il n'en était pas question. Me restait la duplicité. Je feignis d'accepter de m'enrôler dans l'entreprise conquérante de Retiwaane et de son sorcier. Je soupçonnais que, de son côté, l'opportuniste Mourdi n'hésiterait pas à se débarrasser de moi, son concurrent, le moment venu. Le roi, quant à lui, attendait peut-être l'heure de tirer vengeance de la mort de ses gardes et de tuer son sorcier dès qu'il n'en aurait plus l'utilité.

Une nouvelle fois, je constatai que, comme dans une cour européenne, les intrigues grouillaient autour des puissants.

Une expédition fut montée pour rejoindre baie Robin. Mourdi en prit la tête, rouvrant le chemin effacé qu'il avait jadis inauguré dans l'autre sens.

Prudemment j'avais prétendu avoir dissimulé mes fusils et ma poudre dans une cache introuvable sans mon aide, c'était mon assurance. J'étais en sursis et je gardais en tête le projet téméraire d'en profiter pour quitter ces compagnons louches.

Göli faisait partie du groupe. Ces derniers temps, il semblait s'être pris d'amitié pour moi, mais je n'oubliais pas qu'il était le bras armé obéissant de Retiwaane. Quant au roi, entre deux grognements de souffrance ou de béatitude au décours de mes soins, il était arrivé que nous ayons quelques timides échanges. Quand je lui avais parlé de Nékë, il avait eu une moue ambiguë et avait déclaré : « Moi, roi ! » Voulait-il uniquement affirmer sa préséance ? Y avait-il un conflit entre eux ? Une brouille passagère ? Voulait-il tout simplement couper la conversation ou en changer ?

Il était bien hasardeux de faire de Göli un protecteur sous la recommandation du roi. J'imaginais plutôt Retiwaane dans une position neutre : « Que l'emporte la magie la plus puissante ! » Parmi les cinq autres membres de l'équipée, j'en reconnus trois qui avaient fait partie de mes ravisseurs. Mourdi restait une énigme. Parfois j'avais l'espoir chimérique que, sur le théâtre de notre vie solitaire au bord de la « baie Robin » renaîtrait notre ancienne fraternité.

J'avais établi une carte de Djéhou à partir de la première approche grossière copiée du dessin de Siko sur le sable. Je l'améliorais régulièrement au hasard de mes explorations. Il restait beaucoup de zones grises et de points d'interrogation, j'allais sans doute au cours de ce voyage, pouvoir détailler la partie sud. Djéhou semblait, sur ma carte imprécise, un disque peu épais ceinturé d'un bourrelet la faisant ressembler au béret des bergers basques. J'avais emporté mon journal et mes dessins dans un petit sac tressé. J'étais curieux de compléter la géographie de l'île qui pouvait peut-être expliquer le mystère de mon isolement pendant si long-temps, et mon erreur étonnante d'avoir cru qu'il s'agis-sait d'une île déserte.

Je m'étais souvent reproché d'avoir attendu tant de temps avant de me résoudre à quitter ma baie Robin. Il est vrai que pendant de longs mois, dès que je cessais ma surveillance et que je m'éloignais trop loin ou trop longtemps du bord de mer, me prenait un remords : un bateau n'était-il pas passé pendant que je relâchais ma vigilance ? Dans les premiers mois de mon exil, il m'arrivait même, par nuits claires, de me réveiller pour scruter les flots sombres parsemés des éclats erratiques des vagues, pour être sûr qu'un bateau providentiel n'avait pas croisé au large de mon campement. J'avais préparé pour cette occurrence un énorme tas de bois pour construire un feu qui pourrait me signaler à un bateau croisant au large.

Mourdi, lui qui s'était frileusement mis sous ma protection au début, s'était révélé par la suite d'une sur-prenante indépendance et audace, retrouvant l'instinct de survie qui l'avait sauvé pendant ses mois d'errance à l'île Bourbon.

Nous partîmes à l'aube. Sur le pas de sa paillote, ma vieille soignante me fit un petit signe amical de la main. Elle m'avait confié la veille une pierre magique emmaillotée dans un tissu de feuilles battues. C'était une pierre de rivière noire et lisse, qui m'avait fourni une nouvelle preuve des relations existant entre Djéhou et d'autres îles alentour. Je la portais ostensiblement autour du cou et je remarquai que mes compagnons y jetaient des regards craintifs.

Nous étions tous armés de lances, de casse-têtes et de frondes. Mourdi portait son tromblon inoffensif. J'avais pour ma part ma fronde et une lance avec son doigtier dont j'avais acquis, avec Siko, un maniement passable.

Nous avançâmes en une colonne silencieuse, ne nous arrêtant que pour boire dans les trous d'eau. Nous ne fîmes pas de feu. Je questionnai Mourdi au sujet de cette discrétion ; il me fit comprendre que nous étions, si ce n'est en territoire ennemi, à tout le moins clandestins dans un territoire qui n'appartenait pas à la juridiction de Retiwaane.

Pendant notre brève nuit, je remarquai deux silhouettes en surplomb pointées d'une lance qui montaient la garde.

Le lendemain, au milieu du jour, la végétation se fit moins dense, l'air plus vaporeux, l'odeur moins remugle. Nous approchions de l'océan. Il nous apparut à midi, brillant et convexe comme un immense bouclier d'acier. Devant nous, je reconnus *Redding Eiland* reverdie et, à deux heures, une autre île un peu plus grande semblant hérissée de sapins, celle que je pouvais voir par très beau temps depuis mon campement. Il fut décidé de longer la falaise calcaire jusqu'à l'à-pic de la baie Robin, située plus au nord. En dessous de nous, des petites plages grises de débris coralliens ou jaunes de sable alternaient avec des portions vertes où la mer touchait la falaise. Comme la progression sur ce rempart déchiqueté couvert de ronces était fort pénible, nous changeâmes d'avis et décidâmes de longer la mer en profitant de la marée basse.

J'étais en tête avec Mourdi, impatient et curieux de revoir ces lieux où j'avais souffert, espéré, travaillé, rêvé, que j'avais abandonnés et que la végétation vivace avait sans doute à présent reconquis. Mourdi semblait tout aussi fébrile. Nous descendîmes d'un bon pas, malgré le chemin accidenté. Soudain, en nous retournant, nous ne vîmes plus nos compagnons. Nous nous assîmes pour les attendre. Sur notre droite, un faisceau de soleil perçait un gros nuage noir pointant Reding Eiland. Tentant de recréer notre ancienne complicité, j'engageai la conversation. Je lui racontai l'expédition qu'il n'avait pas voulu partager et l'horrible spectacle que j'avais découvert. Il écouta mon récit d'un air distrait et sembla se réjouir de la mort de l'équipage du *Haarlem*, car selon lui, ces « méchants blancs » qu'il appelait des « coquins » avaient voulu le jeter à la mer comme ils l'avaient fait pour son chien et auraient, à terre, certainement fini par le tuer. Il était persuadé que ces hommes « mauvais » s'étaient entretués et avaient mis eux-mêmes le feu à l'îlot.

Un long moment passa sans que nous ne vissions apparaître nos compagnons. Nous rebroussâmes chemin, circonspects. Mourdi craignait une embuscade ennemie. Pour ma part, j'étais moins inquiet, ayant sillonné ce territoire jadis sans rencontrer âme qui vive, mais il est vrai que beaucoup de temps s'était écoulé depuis mon séjour à baie Robin et un peuple de l'île avait pu coloniser depuis ces terres ni plus ni moins fertiles que les leurs.

Nous les trouvâmes quelques toises plus haut. Ils étaient assis, serrés côte à côte face au paysage marin, parlant avec animation. Ils refusaient catégoriquement d'avancer plus avant, car cet endroit était interdit. Mourdi parlementa, fit appel aux ordres de Retiwaane, prétendit que sa magie était plus forte que tous les *tabous*, aucun argument ne put les convaincre tant ils étaient persuadés que s'ils faisaient un pas de plus, ils allaient mourir. Nous avions commis ce sacrilège et rien ne nous était advenu, objecta Mourdi. Ils nous expliquèrent que nous ne risquions rien, mais qu'eux mourraient s'ils franchissaient cette frontière. Mourdi me proposa alors de partir ensemble pendant que le reste de la troupe attendrait sur place.

Toute la nuit, je réfléchis à ma situation et, avant l'aube, je pris ma décision. Tous dormaient. L'ombre noire des sentinelles était affaissée. Près de moi, j'entendais le ronflement régulier de Mourdi. Plus loin, les autres dormeurs enfouis sous des palmes formaient de petits tas immobiles. Je rampai, ma lance sous le bras, essayant pouce par pouce de gagner les buissons. J'eus une alarme quand Mourdi poussa un petit geignement, mais heureusement son souffle régulier reprit.

Quand ciel et mer devinrent jaune et gris, j'étais parvenu sur la plage.

Je restai tapi toute la journée. Plusieurs fois, Mourdi m'appela par mon nom. Dans l'après-midi, il n'avait pas renoncé et j'entendis une voix très proche, enjôleuse : « Moi vois toi… Moi, frère… » Assoiffé, courbatu, je fus tenté de sortir du trou où j'étais terré. Je pensai aussi à mon avenir : j'allais retrouver la solitude. Comme elle me faisait peur, à présent ! Mais l'avenir chez le peuple de Retiwaane était plus terrible encore… Je me recroquevillai dans mon antre. Les appels s'éloignèrent, puis cessèrent.

Je passai la nuit sous un amas de palmes sèches, plus pour me garder du vent marin encore frais en cette saison que pour me cacher, car la nuit était noire. Mourdi était certainement retourné auprès des siens.

J'étais protégé des Retiwaanes par leurs peurs religieuses, mais je craignais l'obstination de Mourdi à posséder ces maudits fusils. Il attendait sans doute que je gagne la baie Robin pour recouvrer quelques outils et surtout les armes.

Je décidai de le prendre à contrepied et de brouiller ma piste.

Je marchai plus de trois miles vers le sud, laissant traces de pas et bourre de coco en vue. En fin de matinée, comme je m'apprêtais à rebrousser chemin, cette fois-ci sans laisser ni empreinte ni indice de mon passage en passant par le pénible sentier sur la falaise, je parvins à une anse sableuse plus petite que la baie Robin. Mes explorations ne m'avaient jamais entraîné jusque-là. Redding Eiland était maintenant bien visible en face, au-delà du petit lagon. Je décidai de faire provision de quelques noix de coco. Un boqueteau de cocotiers dominait une végétation d'arbustes jaunis. Je choisis un arbre bien chargé en fruits. Comme j'embrassai son tronc orange de moisissure pour l'escalader, à la hauteur exacte de mes yeux, je vis ce que j'avais tellement espéré découvrir au décours de mes explorations solitaires : des entailles tracées par un humain ! L'inscription, agrandie et aplanie par la croissance de l'arbre avait été faite longtemps auparavant. C'était un nom que je parvins à déchiffrer, un nom que je connaissais : « Nour ». Celui du jeune Malais qui ne voulait pas quitter Redding Eiland ? Si c'était lui, sans doute poussé par la nécessité, avait-il fini par vaincre sa peur. Mais qu'était devenu ce jeune matelot toujours aux aguets dont je me souvenais parfaitement le visage brun presque imberbe ?

Je fis le tour du tronc et trouvai deux autres signatures : « Sören » et « Jos ». Je ne gardais pas de souvenir d'un « Sören », mais Jos était le prénom de notre charpentier, petit homme facétieux qui m'avait appris l'art du calfatage. Les réfugiés de Redding Eiland, du moins quelques-uns d'entre eux, avaient fait un séjour dans ce lieu. Que s'était-il passé ensuite ?

J'inspectai chaque tronc alentour, à la recherche d'autres inscriptions. Je retrouvai deux autres « Jos ».

J'entrepris, le cœur battant, de fouiller minutieusement la baie. Je commençai par l'étroite bande de sable qui s'élargissait suffisamment en quelques points pour qu'on pût les appeler « plage ». L'une d'elles, cependant, était plus profonde et large. C'est là que je fis ma première découverte.

Comme je progressai sur la plage en boustrophédon pour ne laisser échapper aucun indice, je fus surpris par un héron marin d'un gris brillant qui passa près de moi à me frôler, traversa toute l'étendue de la plage sans presque battre de l'aile et se posa. Tout en continuant mon inspection, je me distrayais du manège de l'oiseau qui quittait périodiquement son perchoir pour piquer quelque proie dans le sable humide puis y revenait. Il me laissa approcher à quelques pieds et finit par s'envoler avec un couinement, plus offusqué qu'effrayé, avant d'aller se reposer à une courte distance. Son poste d'observation était une sorte de poutre fichée obliquement dans le sable. Cette pièce de bois était bien différente des nombreux bois flottés blanchâtres et tordus qui jonchaient le sable. C'était un bois de charpente, parallélépipédique, blanchi, assez peu rongé par les tarets et les vers. Je grattai la surface durcie par le soleil et le sel et tombai sur un bois brun et dense, vermoulu seulement dans la partie la plus profondément ensablée. C'était un fragment de bordage en chêne que j'entrepris de mettre au jour. Le déblayage du sable fin me prit beaucoup de peine, mais je réussis à déterrer l'épaisse planche, brisée à son extrémité. Les restes d'une filasse de chanvre y étaient entortillés par endroit.

J'en étais sûr, j'étais tombé sur l'épave d'un radeau construit avec des débris du *Haarlem*. Mais qu'étaient devenus ses survivants ? Combien étaient-ils ? Seulement trois ? Nour, Sören et Jos ? Pourquoi avaient-ils décidé de quitter leur îlot sans nous attendre ? Les trois hommes ne pouvaient être que des survivants de l'incendie ? Étaient-ils encore vivants ?

Je continuai d'explorer le rivage, pouce par pouce, en commençant par le terrain recouvert d'une herbe haute, coupante et parsemé de cocotiers et d'une espèce de pandanus. J'y passai la journée. Je ne trouvai nul reste d'abris de fortune, de bois noircis, vestige d'un feu, de coquilles ou d'os, d'objet en fer rouillé, bref tout ce qui aurait pu témoigner d'un séjour de marins rescapés.

Je repris mes vieilles habitudes de solitaire : je retournai à l'épave. Mon héron était fidèle sur son morceau de chêne bousculé et je me permis de profiter de son garde-manger : la marée basse avait retenu une mare tiède, grouillante de petits poissons.

Sur ma couche de feuilles de cocotier, je rêvai cette nuit-là que le feu qui avait ravagé Redding Eiland avait gagné la baie Robin. Ma baie était devenue aussi noire que l'îlot. Mourdi, armé d'un fusil me disait en djèhou : « Tu veux me noyer, tu as fait exprès de mettre le feu, je vais te tuer ! »

Le lendemain je continuai mes inspections en cercles centrés autour de l'épave du radeau.

En début d'après-midi, j'étais découragé, près de renoncer à mes recherches. Je m'assis à l'ombre et rêvai pendant un long moment : les trois hommes s'étaient-ils enfoncés dans l'intérieur de l'île ? Peut-être, le mousse Nour avait-il vaincu sa peur des cannibales et avait-il suivi ses deux camarades dans la forêt ? Peut-être, avaient-ils, comme Mourdi et moi, rencontré des naturels ? J'imaginai aussi l'incendie qui avait ravagé l'îlot. Les trois survivants avaient-ils construit leur embarcation et se seraient-ils échoués sur cette grève? Les autres se seraient-ils noyés? Peut-être? Peut-être? J'inventais mille fables, heureuses ou fatales.

Abattu, je tentai un ultime cercle jusqu'au pied de la falaise qui dominait la baie. Comme à baie Robin, la paroi était percée de grottes. Il y en avait trois, proches les unes des autres. Celle du milieu, à quinze pieds de hauteur, surmontant un monceau d'éboulis, était gardée par une rangée de stalactites. Lassé de me désaltérer de jus de noix de coco, j'escaladai le petit rempart à la recherche d'un trou d'eau ou seulement du suintement qui, goutte à goutte, sourd parfois de la voûte de ces excavations. J'y trouvai sous une stalactite humide une petite cuvette naturelle remplie d'une eau claire et tiède. De ce belvédère j'avais vue sur notre îlot pelé et, non loin, son voisin chevelu moins distinct.

Les grottes ressemblaient à celle qui m'avait servi de maison à baie Robin. Je pensai alors que mes compagnons auraient pu avoir l'idée, comme moi, de se réfugier dans une de ces cavernes et même de l'aménager. Les deux premières étaient peu profondes et borgnes, la troisième était à moitié obstruée par un monceau de bois et, en m'approchant, je m'aperçus que plusieurs branches pourries étaient noircies par le feu. Cette dernière grotte se prolongeait par un labyrinthe de galeries tortueuses. J'allumai une torche de palmes sèches et remarquai que les parois étaient couvertes d'une suie épaisse.

Je les découvris à quelques pieds du vestibule.

Trois corps gisaient côte à côte, l'un adossé contre la paroi, les deux autres allongés sur le dos. Ils étaient recouverts d'une peau jaunâtre parcheminée tendue comme une tente sur le bassin, laissant transparaître le blanc des côtes, et percée par le tranchant des tibias et des os du nez. Des lambeaux poussiéreux de tissu effiloché décoloré pendaient comme des pennons. Les deux corps allongés portaient des traces de fractures à une jambe pour l'un et à l'avant-bras pour l'autre. Derrière le cadavre assis, je réussis à déchiffrer des lettres à demi effacées, tracées avec du charbon de bois. Il y avait une date et à nouveau le nom du charpentier. Je me souvins qu'il savait lire et qu'il était apprécié par tous, car il pouvait déchiffrer les rares lettres que les marins récupéraient aux escales… Aimé par tous, sauf par Mourdi, car Jos était moqueur et le jeune mousse était son souffre-douleur.

La date peu lisible était écrite en caractères latins. Un peu au-dessous il y avait une adresse à Amsterdam et un mot, peut-être le mot anglais «kill» ou «killer», et, reconnaissable à côté, le nom «Mourdi».

Je reconstituai l'histoire possible des trois survivants de l'incendie. Je les imaginais réfugiés sur l'épave du *Haarlem*, construisant péniblement un radeau et réussissant à gagner la petite baie sans doute après des jours de privations. Attaqués ensuite par des hommes de Retiwaane accompagnés de Mourdi, et probablement conduits par celui-ci, ils se seraient battus puis réfugiés dans cette grotte. Les assaillants auraient alors essayé de les faire sortir en les enfumant. Ils étaient morts d'asphyxie ou de faim.

Je passai la nuit dans mon nid de feuille de la veille, après avoir à nouveau volé quelques coquillages et poissons à mon héron gris.

Le lendemain, je creusai une fosse de cinq pieds, bien au-delà de l'estran. J'y transportai sans peine les trois corps si légers. En soulevant le plus petit, je découvris une doloire passablement rouillée, seul vestige des outils du charpentier, qui lui avait peut-être servi à se défendre. En la dégageant du guano qui couvrait le sol, je m'aperçus que sa main décharnée en enserrait le manche. Qu'étaient devenus les autres accessoires que j'avais cherchés en vain dans l'épave ? Au fond de l'eau ? Aux mains de leurs adversaires ? La petite taille du cadavre, la doloire, tout confirmait qu'il s'agissait bien du charpentier Jos.

La peau amincie du plus grand était d'un marron plus foncé que celle des deux autres et j'en déduis qu'il s'agissait de Nour.

Enfin, je découvris sur le dos du troisième un large crucifix tatoué : seule la bordure noire demeurait intacte, le remplissage rouge ne restait visible que par plaques éparses. Je me souvins alors qu'un matelot dont je n'avais jamais su le nom avait été moqué pour cet étalage de foi religieuse. Il avait répondu qu'il avait, pour ses désertions récidivantes, plusieurs fois subi, sur un précédent bateau anglais, des flagellations qui l'avaient laissé presque mort. Il prétendait que, maintenant, personne n'oserait frapper l'image pieuse. On lui avait rétorqué que le Christ avait été, lui-même, fouetté et il s'était ensuivi une discussion entre marins qu'on n'aurait pas attendue dans ce milieu fruste.

Une fois les corps recouverts, je traînai le poteau de chêne que j'avais dégagé de la plage et j'y gravai les noms des trois morts. Je baptisai ce point de la côte sud de l'île «baie des Survivants» et la consignai sur ma carte.

J'avais passé cinq jours dans cet endroit, cinq jours de doutes, et une résolution avait germé dans ma tête. J'allai retrouver Siko, mes amis pêcheurs, le roi Anawa et ma fiancée Lossa. Pour cela, j'allais refaire le chemin de la baie où j'avais fait la rencontre de mes amis. Nous étions en pleine saison des campagnes de pêche et, s'ils n'avaient pas changé leurs habitudes, nous pourrions à nouveau nous rencontrer.

Le lendemain, je me mis en route pour la baie Robin. Mourdi n'avait pas suivi mes traces ostensibles. J'imaginais qu'il avait retrouvé les Retiwanes et peut-être déjà rejoint leur village. Je choisis de longer le bord de mer, quitte à me mouiller les pieds ou même à nager sur certaines portions du chemin, mon sac et mon talisman sur la tête! Même dans cet équipage, il m'arrivait de parcourir une plus grande distance à la nage que sur la grève, alternant sable, parfois, mais petits galets blessants et corail acéré le plus souvent.

Le troisième jour, je reconnus de loin la baie Robin, son petit récif, le gros rocher pointu en aileron de requin qui marquait la passe.

J'y retrouvai ma maison troglodyte. Ma tonnelle était effondrée, la liane qui la couvrait courait maintenant sur le sable, mais ma table, mes bancs et mon lit restaient debout, recouverts d'une gangue épaisse de poussière grise et enguirlandés de toiles d'araignées. Ma caisse à eau, régulièrement alimentée, contenait toujours une eau pure, mais ma viande salée, mon saindoux, ma récolte de maïs étaient bien sûr moisis et à demi dévorés par les insectes et les oiseaux. Mon petit champ de maïs envahi par la broussaille ne contenait plus que quelques tiges et quelques épis verts dégénérés. Malgré cette atmosphère d'abandon, une félicité extraordinaire me prit. Je réintégrai mes quartiers comme si j'étais parti la veille. En milieu d'après-midi, je me baignai, suivant mon ancien emploi du temps. Je repérai l'épave immergée de la chaloupe, colonisée par une faune grouillante et recouverte d'algues vertes et déjà de coraux. Je nettoyai mes meubles rustiques, renouvelai mon matelas de paille réduit en poussière, me cuisinai quelques coquillages. Il ne manquait plus que mon pigeon, ou ma pigeonne, et je pouvais penser que le temps s'était arrêté, j'étais à nouveau dans mon petit royaume.

Mais le temps s'était écoulé, je n'étais plus le fils de l'artisan dieppois, j'étais fils d'un roi étranger dont je respectais les lois et les coutumes, fiancé à une princesse, frère d'hommes qui m'avaient appris à aimer la terre alors que, comme beaucoup de marins j'avais méprisé tous les « terriens ».

J'avais une nouvelle famille que je n'avais pas plus choisie que la première, mais que le destin m'avait offerte. Rarement, il m'arrivait de penser à mon père avec nostalgie. Je me disais que ce père, peut-être, avait rêvé lui aussi dans sa jeunesse de parcourir les mers? Mais son visage pâle et appliqué, sans cesse fatigué, devenait de plus en plus flou, comme celui d'un lointain ancêtre qu'on a connu que par ouï-dire ou par un portrait.

J'étais devenu « Tchéoumezé », fils cadet d'Anawa.

Je vérifiai la nouvelle « sainte Barbe », inconnue de Mourdi, que je m'étais aménagée avant de partir en exploration. L'étroite entrée de la grotte où j'avais traîné armes et munitions et qui ne se laissait pénétrer qu'en rampant était plus dissimulée que jamais, gardée par l'inexpugnable rempart d'épineux qui avaient encore prospéré. J'hésitai à emporter un fusil, mais l'exemple de Mourdi m'en dissuada.

Je rêvai cette nuit-là que j'étais dans la grande maison d'Anawa, assis à sa droite. Le roi disait : « Faites entrer mon cousin ! » Jos était introduit par Siko qui le présentait comme le souverain des Hollandais. Il était habillé dans son sarrau de charpentier en loque, mais portait un chapeau cylindrique rouge en feuilles tressées qui grandissait le petit homme trapu et, projetée sur le mur de paille, son ombre tremblante était gigantesque. Siko lui disait : « Tu dois lui donner un cadeau ! » Siko fouillait le sac de marin du charpentier, en sortait la doloire et l'offrait à Anawa. Arrivait alors Mourdi qui déclarait : « C'est moi, ton fils, ceux-là sont des usurpateurs, il faut leur casser les bras et les jambes ! » Je tentais de m'enfuir, mais j'étais seul dans la hutte, entouré de flammes et les membres comme du plomb, incapable de bouger. Je sentis le brasier me lécher le visage… je me réveillai en sueur : je m'étais endormi sur le sable la veille, et le soleil déjà haut avait rougi ma peau.

J'employai les deux jours suivants à préparer mon voyage vers la « baie des Pêcheurs », tel était le nom que j'avais pointé sur ma carte. Je me confectionnai un nouveau havresac et, au moment de le remplir, je passai un long moment à choisir les objets qui me seraient le plus utiles, à moi et à mes amis. J'avais graissé et remisé mes outils, mais plusieurs avaient fini par rouiller. Ainsi en était-il de ma hache que j'avais regrettée sur le chantier de Siko. Après bien des hésitations, je gardai la doloire de Jos, retrouvai un bédane encore utilisable et renonçai à une herminette trop lourde. Quelques graines de maïs avaient échappé aux nuisibles. Je complétai avec quelques fioles de Le Callonec.

La route du bord de mer qui suivait tous les méandres de la côte découpée de Djéhou était plus longue, mais au moins, je ne perdrai pas mon chemin. Je pourrai aussi continuer mon entreprise de cartographie. Et puis, j'avais à ma disposition une source abondante de nourriture, surtout à marée basse.

Mais, encore une fois, le destin m'avait choisi une autre voie.

Je marchai lentement, me servant de ma lance comme d'une canne. Embarrassé par mon havresac trop lourd qui me sciait les épaules, je m'arrêtai pour en garnir les sangles avec un coussin de fibre de noix de coco. Comme mes pieds s'enfonçaient dans le sable sec, je décidai de marcher sur la bande humide plus ferme que la marée avait découverte. C'est alors que je vis des traces de pas allant dans la même direction. Mes pieds s'y inscrivaient parfaitement et, pendant un moment, je pensai qu'il s'agissait de mes propres traces que j'aurais laissées au cours d'une promenade oubliée au bord de mer. Mais bientôt, elles se dirigèrent vers le sable sec et se perdirent dans un amas rocheux.

Au moment où j'atteignais le premier bloc de pierre, il jaillit, les yeux plissés par le soleil bas du matin, la lance brandie, à cinq pieds au-dessus de moi.

C'était Mourdi.

— Fusils? Où toi cacher? me dit-il souriant, comme s'il me reprochait de lui avoir joué un tour. Il avait gardé sa lance sur l'épaule avec le doigtier armé.

Je prétendis que je les avais détruits.

— Toi moquer moi! dit-il, toujours souriant, mais la lance pointée. Fusils! Toi, montrer pour moi!

J'espérais pouvoir m'échapper quand il descendrait de son piédestal, mais il sauta, agile. De mon côté, empêtré par mon sac, je n'eus le temps de faire que quelques pas avant qu'il fût là, son arme toujours tendue.

Nos sagaies partirent presque en même temps et toutes deux manquèrent leur but. Chacun de nous saisit alors la fronde qu'il gardait en couronne au-dessus de la tête, à la mode des guerriers Retiwaane. Nous restâmes un moment face à face comme deux duellistes. J'essayai de le raisonner, lui rappelant notre ancienne complicité, mais, cette fois-ci, il ne souriait plus. Il répéta de plus en plus menaçant : « Menteur, toi ! » Je vis qu'il cherchait un projectile des yeux, mais tandis qu'il se baissait pour ramasser un morceau de corail pour sa fronde, j'arrachai sans réfléchir la pierre noire de mon cou et la propulsai.

La pierre l'atteignit au front : il tomba sur les genoux, ses yeux se révulsèrent, ses bras et ses jambes eurent quelques violents soubresauts et il bascula sur le flanc. Je restai un moment dans une position de défense, croyant à une ruse, tout en continuant à le raisonner. Mais le corps ne bougea plus et un mince filet de sang commença à couler de son nez et d'une oreille. Je m'approchai incrédule, le secouai en l'exhortant de se réveiller. Il était mort.

J'avais tué un homme, un homme avec qui j'avais affronté bien des dangers, un homme qui avait été mon ami.

Anéanti, je restai prostré pendant de longues heures.

En fin de journée, je me fis encore une fois fossoyeur. Je traînai le corps musclé à l'abri d'un gros badamier et l'y enterrai. Avant de le recouvrir, je jetai avec répulsion la pierre dans le trou.

J'hésitai au moment de graver son nom sur l'écorce verruqueuse. Pas question d'y inscrire Gonzague, son nom officiel, celui de son ancien maître qui lui avait été attribué lors de son affranchissement. Alors ? Nekö ? Mourdi ? Je finis par accoler les deux noms sans préciser de date : Mourdi ne connaissait pas celle de sa naissance et j'étais bien incapable de me souvenir du jour où nous étions, je n'étais pas même sûr de l'année.

Je ne dormis pas cette nuit-là. Dès que j'essayais de fermer les yeux, le visage de Mourdi m'apparaissait.

Quand le ciel pâlît, j'enfilai les bretelles de mon sac, elles me parurent si coupantes, le havresac si lourd, que je faillis, découragé, jeter mon bagage. Le ciel sans nuages qui graduellement devenait d'un bleu éclatant me sembla inconvenant, le piaillement des oiseaux, indécent.

Le chemin était comme dans mes souvenirs et je ne fis que quelques minimes corrections sur ma carte. Je retrouvai les lieux où j'avais dormi ou pêché, je pus anticiper chaque détour que j'avais été obligé de faire lors de mon premier passage.

Je mis trois journées comme la fois précédente. Quand je parvins à la baie des Pêcheurs, il faisait nuit et je m'endormis, espérant naïvement me réveiller à nouveau entouré par mes amis. Au matin, il y avait le soleil, mais point de cercle d'hommes autour de moi. La plage était déserte. Je humai les alentours et ne sentis aucune odeur de poisson ni de feu de bois. Le filet était à l'endroit où les pêcheurs le laissaient habituellement. Je cherchai mon vieux fusil dans l'anfractuosité de rocher où je l'avais caché à la hâte. Il s'y trouvait toujours, et après hésitation, je l'y laissai.

Mes amis avaient-ils changé leurs habitudes? Étaient-ils déjà repartis? Ou au contraire étais-je en avance? Je décidai d'attendre quelques jours.

Je retrouvai les pierres qui avaient servi au four, remis en état les petits abris de palme, fis provision d'eau. Je fabriquai une foëne et, quand le soleil fut moins haut, je partis pour capturer un maquereau, espèce qui pullulait et qui avait représenté l'essentiel de nos prises avec mes amis. Mais je ne vis aucun poisson argenté et me contentai d'en piquer un bleu.

Je restai dix jours, seul, les yeux brûlants de fixer l'horizon, dix jours d'incertitude, et d'espérance.

Assurément, je ne regrettais plus les hivers pluvieux de Normandie, le lugubre atelier familial, mon taciturne père-patron. L'avenir gris auprès d'une robuste Dieppoise, les longues heures d'un métier aux compagnons et aux méthodes vieillissants, la transmission blasée à un héritier rebelle, les récits à la taverne du port, à la même chaise bancale de Jacobsen, entouré de la même fumée abjecte, enjolivant mes voyages et mes rencontres exotiques… ce n'était plus pour moi, cela n'avait jamais été pour moi, même dans mes moments les plus misérables.

Certes, il y avait la mer! Il y avait les cheveux décoiffés par les risées, le goût du sel sur les lèvres à la passerelle, l'émotion, la même sans doute que celle de l'albatros qui vire au vent, cette exaltation quand la minuscule pression sur la barre aplatit la voile et fait se cabrer un pur-sang de mille tonneaux.

Il y avait les rudes et éphémères amitiés des marins, les rencontres tonitruantes dans les tripots dont le souvenir embrumé se délaye le lendemain. Il y avait tous ces mots entendus et notés dans mes petits cahiers, mais que, faute d'usage, je ne savais plus prononcer sans mes lexiques perdus ou corrodés. Il y avait Siko, il y avait notre rêve commun, mais quand je pensais avec nostalgie au village d'Anawa, c'était l'état d'avancement de notre pirogue, mais plus encore mon champ d'igname qui n'avait pas été récolté qui me préoccupait.

Je vis les premiers éclairs blancs des maquereaux un matin. Dans l'après-midi deux pirogues franchirent la passe.

Il y avait une dernière feuille, sans doute celle qui avait emballé le cahier en partie lisible après avoir gratté la couche de suie qui comme pour un pain trop cuit avait fait une sorte de croûte plus ou moins protectrice.

Fini marié avec Lossa.

Mariage très grand avec beaucoup sujets roi Toupessi et roi Anawa.

Deux enfants pour moi : garçon et fille.

Siko toujours vouloir voyager.

Plus grand bateau construit par nous deux.

Grande ma terre maintenant. Beaucoup

… ignames.

Mes très chères filles,

Voici venue pour moi l'heure de rendre mes comptes à Notre Seigneur. Que dans Sa mansuétude Il m'accepte auprès de Lui et abrège les terribles souffrances qui rongent mes os et tordent mon ventre. Pendant ces vingt années à Drehu, Il m'a donné Sa force et Sa lumière pour conduire mon ministère. Il est l'heure de remettre le flambeau qu'Il m'a confié dans des mains plus jeunes et plus vigoureuses, et surtout dans celles de chrétiens plus savants. Nous avons enfin les missionnaires à demeure que nos convertis réclamaient depuis si longtemps, et plus seulement d'humbles catéchistes dont j'ai l'honneur d'avoir été le premier.

J'ai mis toutes mes forces dans mon œuvre pionnière, j'ai défriché et planté, et les semences enfouies dans le territoire du chef Boula commencent à fructifier.

Même dans le nord, Waihnya, en dépit du chef Ukeissö, est devenu un de nos meilleurs soutiens.

Wé, encore rouge du sang versé au cours de tant de guerres, n'est plus un champ de bataille, mais un lieu de culte. Notre temple, construit sur ce lieu tabou, y rassemble chaque dimanche plus de fidèles dévots en tenue civilisée que de guerriers nus au long des âges.

Que de chemin parcouru !

Beaucoup de jeunes gens savent lire correctement et beaucoup savent écrire.

Tous nos paroissiens, même les chefs, ont abandonné la polygynie et le cannibalisme.

Mon seul regret est de mourir avant d'avoir revu les miens. Allez à la recherche de l'île Aitutaki, le lieu d'où je suis originaire, faites-vous-y connaître et portez témoignage à Takamoa où, peut-être, certains vieillards ne m'ont pas oublié.

Mariez-vous avec de bons chrétiens.

J'ai peu de biens matériels à vous léguer, la foi en Dieu et en l'amour du prochain sera mon plus beau testament.

Post-scriptum.

Je vous laisse quelques verbatim que j'ai consignés au cours de mes tournées et que j'ai serrés dans la valise qui avait jadis contenu le *pua* pour votre mère. Ces écrits maladroits ont plus de prix pour moi que mes hardes et que les quelques idoles sculptées que je ne me suis pas résolu à brûler.

Il s'y trouve quelques notes au sujet d'un certain Robin dont le destin m'a intrigué dès mon débarquement à Drehu et dont j'ai fini par retrouver la trace. Ces témoignages intéresseront sans doute le pasteur Mac Farlane et aussi les catholiques français avec qui il m'est arrivé d'avoir un commerce courtois. Ils intéresseront enfin ses enfants et petits-enfants qu'il m'a été donné de rencontrer.

J'avais, il y a vingt ans, été le dépositaire de cette sorte de journal de bord de marin écrit en langue française que j'avais transmis au pasteur Murray qui m'en a donné une traduction en anglais. Il semble qu'un homme rescapé d'un naufrage sur l'îlot Nië ait été recueilli par une tribu de Drehu et ait fait souche. Je n'ai pas rencontré ce français, mort à un âge très avancé, peu de temps avant mon arrivée sur notre île, mais j'ai pu cependant m'entretenir avec ses enfants et ses petits-enfants qui ont leurs terres à Napalou. Le plus ancien a environ soixante-dix ans, son arrière-petit-fils a cinq ans et porte le nom de Tchéoumézé, ce qui confirme l'authenticité de ce journal, car aucun autre de nos paroissiens ne porte ce nom. Ils ne connaissent que les langues drehu et anglaise et pensaient que leur père était né sur l'île. Je leur ai promis de leur transmettre ce texte traduit en langue drehu mais je n'ai pas eu le loisir de mettre mon projet à exécution.

Mes chères filles, je vous embrasse avec tout mon amour. Nous nous reverrons dans Son royaume.

Votre père, Fao qatr[4].

---

4   Fao qatr : le vieux Fao, ainsi était connu le nom du catéchiste.

**Découvrez les autres ouvrages
de notre catalogue !**

http://www.editions-humanis.com

Luc Deborde

Éditions Humanis

BP 32059 – 98 897 Nouméa

Nouvelle-Calédonie

Mail : luc@editions-humanis.com